醉舟

朱嘉漢

目次

醉舟

在陸地上暈船的男人（平成32年，神戶港）

他右腳剛踏上陸地，還停留在船梯的左腳突然感到晃動，一陣踉蹌，險些跌倒在地。才耽擱一兩秒，他被人從背後推擠，只得狼狽地紅著臉，拉著行李走下船。

他退到一旁，像站在浮板上勉力平衡。後頭的乘客魚貫前進，彷彿每個人都有方向，知道要趕赴哪個地點。他們的步伐是有時間的，或許擔憂著遲到，或與誰有約，或有人等著。

除了他。他不是沒有時間，而是像掉出了隊伍一樣，掉到了時間之外。只能乾巴巴地，看著其他人前往各種地方。他因為沒有任何地方可去，於是可以前往任何地方。

他已是最後一批下船的乘客。不一會，在他後頭剩餘的乘客也陸續下了船，碼頭上只剩寥寥的工人忙碌著。

此刻他才將注意力回到自己身上。他回想一下剛才從富士丸下船的情景，確認了記憶。他頑固地以為，方才踏上港口土地時，並不是船身晃動，而是土地。或是說，是在他的右足與地面接觸的剎那，造成土地微小的滑動。那是他與世界滑動出的微小落差。這微小的裂縫，允許他自現實逃逸出來。

他心想：他的偏航總算成功了。偏航意味著要永遠處於修正的姿態，面對各種計算之外的狀態下，卻持續地計算與記錄。

他感受著。他並沒有踏上陸地的實感，反而像是踏上了另一條更巨大的船。只是，這條偏航的船將開往何處呢？

航行途中，嚴重暈船的他食不下嚥，只吃了點餅乾、喝了果汁，以及半個罐頭。如今上了岸，在清晨的迷霧中，看不清楚遠景，近景的輪廓亦被白茫吞噬。他感到腳步虛浮，眼前輕微的搖晃著。習慣了船上的暈眩之後，竟不習慣陸地的堅實，引起他另一波的失衡。這令他內心承受著無人知曉的內心搖晃，需要忍著才能不乾嘔。

他懷念起海上的時光，至少站在甲板吹風能減緩不適。像是醉到了極致，連路都走不直的時候，腦袋像鉛一樣重，拖著腳步走出了酒吧，迎面而來一道冷鋒，像是第一次呼吸到空氣。這時，會奇蹟似地得到抽離的清醒。像靈魂瞬間脫離了身體的禁錮，終於意識到自己後，返回並重新感受身體，得到短暫卻切實的自由。這種感覺，會讓人想靜靜地找尋一個角落蹲著哭泣。整段航程，他為了躲避床艙的空氣與氣味，幾乎所有醒著的時間都在甲板看海，直到其他的旅客對海再也沒興趣，只剩下他一個人。

現在，他膝蓋痠軟地勉力站著。閉起眼，繼續呼吸，辨認起這個即將消失的暈眩感。他不但不嫌惡，他甚至是為了追逐這樣的眩暈，才不惜放下所有，偏離軌道而來到了這裡。這感覺這麼豐沛且強烈地湧上來，彷彿是為了迎接他。這美好感受猶如陷阱，但無論如何，他都會擁抱著這個感覺，全然投入此刻身體的異樣感，像擁抱情人般那樣熱烈。

他想閉眼專心感受，捨不得眼前轉瞬即逝的景象。因為這樣的畫面，只有在恰好的時機，越是短瞬越為珍貴。他放任感官與外界的偶遇，激起的火花像是夜空中的花火。於是半張著眼，欲把這模糊感看得清楚。並不是用清楚驅逐模糊的視野，而是想確切記得這模糊，以便將來能夠描述這白霧中光影暈射的風景。謹記著這份靈魂的醉，依然一半在嘴邊小聲訴說，另一半在內心迴響著他珍愛的詩句：

我將不會說出，我將不會多想；
但一份巨大的愛情將在我心徘徊；
然後我將遠行，極遠地，像個波希米亞人，
穿行於自然，快樂地猶如與一位女子相伴！

只是他當時並不知道，這份醉醺醺的感受，會如滲入他的靈魂深處。亦不知曉，這會造成他靈魂巨大的飢渴，焚燒著肉體。他毋需追逐又應當追逐，因為最徹底的醉醺，只存在於他追逐時刻。

天光逐漸照亮城市，驅散了迷霧，他專注所凝視的內心幻景，也如同霧氣散去。

他嘆了口氣，閉上眼，讓這份景象在心中持續久一點。可惜未能如願。

睜開眼，看著眼前的神戶港，已經是硬生生的現實。連剛才所見的破曉迷霧，也變成了暗藍色的黃昏，整個白天像是被生吞活剝似地消失了。

破曉之後就是黃昏，這就是他所存在的時間之外的時間運作，是他的追逐所付出的代價。微光短暫，剩餘的只有無邊的黑夜潛行。

周圍的建築點起燈，赤光、紫光、青光、白光，倒影打在海面上，搖曳著閃光。神戶港塔、神戶大倉飯店、神戶海洋博物館、馬賽克廣場摩天輪。絢爛的夜景不僅令他寂寞，更大的是失落。他幾乎失去了好不容易得來的感受。他看向海，更遠更深，穿透海面上的光影。

他認真思考，即便這份夜景破壞了他的想像。但，他想像，若是百年之前，在神戶港落腳的一個旅人，無論是清晨或是黃昏，眼前所見、所聞，皆是南方島嶼生長的他未曾見過、且心動不已的現代場景。以經驗的衝擊而言，有過之而無不及。

於是，他重新整備，踏行在入夜的港口，猶如踏在清晨破曉的百年前繁華的國際港口。

神戶，有港口的城市，他追逐著幻影之人的腳步來到了這裡。猶如第一次踏上，猶如歷劫歸來。

幸好，海港的空氣未曾減淡，他在空氣間辨認出的氣息，順著若隱若現的味道，任自己遊走。

他的目的只有追逐這絕對的墮落，靠著他的「sensation」指引，他才能追上那個幻影。

以自己那份不存在的年代換取另一個不存在的年代。

少了小指的女人（大正25年，東京円山町）

酒店的化妝室間休息室裡，總可以聽到許多故事。

「谷子姐，最近指名妳的人又變多了。」

「是啊，告訴我們祕訣嘛！剛剛那位三谷先生在妳身上花了多少心思吶！他上回來的時候，我可是也陪坐在同一桌，無論我如何努力，都沒得到他一絲的關愛。那也罷了。那天，朝子姊使盡了看家本領也拿不下他，我還是第一次看到她敗北的樣子。」

亞美與季子圍著正在卸妝的谷子說話，神情熱烈，漲紅著臉，像是剛看完驚心動魄的映畫，或是參加完祭典，兀自興奮著。谷子沒有回頭，看著鏡子，口頭上微笑說著「是嗎？真的嗎？」應付著。

她專心卸去脂粉，一面端看自己臉上的細節。對於她來說，舞池裡無論多耀眼迷人，得到了多少關愛、金錢，甚至承諾，都只是戴著面具的表演。真正重要的是假面下的那張面孔。至少，在那個人面前，所想要展示的，是自己那張素顏。因此，她卸起妝比上妝更加用心，仔細端詳臉上的細紋、黑斑、毛孔，每日膚色的光澤與水分。年輕的舞者們，有些直覺敏銳的，有意識或無意識地學起她來，竟然馬上有了顯著的效果。她們變得更加的豔麗，連帶的連酒店整體的生意都變好。

不過，即便如此，還是沒有一位像她如此肅穆且專注地對待自己卸妝後的面孔。也沒有人像樣她這樣，如此善於隱藏內心。即便是化妝室裡最親近的小姐，也明白谷子保留著一部分是無法親近的。

「所以，千萬不要對我動真情啊！」她沒真的對客人說出口。畢竟這樣的話一出口，反倒顯得不真誠。她盡可能的免去一切的誤會，反倒讓箇中老手毫無機會看穿她的心思。實際上，無論是客人或是同事，都或多或少把她想得太高了。只是真正的她恰好不在此處而已，所以才被想成各種樣子。

她還是清楚的。像亞美與季子這樣的對話，背後透露的意思是什麼。在這一行，十幾歲當然年輕，二十幾歲風華正盛，三十幾歲得靠點手腕甚至意志來彌補。過了這年紀，大部分已經是無法翻身，遭人奚落的地步。有更多時候，是基於某種同情，才會給她們一點容身之處，或是基於一種施捨心態。因為有個角落，容納著縮在牆角的這些人，讓這些青春短暫、每天像碰著運氣度日的舞女們有個對照。甜蜜又可悲，一方面在疲憊或悲傷時，能夠安慰自己尚未淪落至此；另一方面，也不免警惕，若無法脫身，這就是將來的命運。

這顯得谷子地位的特殊以及尷尬之處。四十六歲的她，卻是最會替店裡賺錢的舞女。不僅影響了舞廳的生態，連同円山町一帶的花街，也因為這名女子而擾動。自然，無論是老闆、管理者，或是其他的小姐，都不免關注著她。亞美與季子兩位稚氣未脫、穿著不符年齡妝扮的舞女，屬於親近她的一群，而剛滿二十五歲，正是嬌豔的朝子，則是暗自對抗谷子，卻無法找到方法擊敗對方的一群中的領袖。因為谷子的性格，使得朝子也無可奈何，不滿與嫉妒也只能透過兩個集團的小姐彼此的唇槍舌劍與心機發洩。老闆因為她們兩位的存在而生意興隆，但有時雙方陣營的小姐爭鬥太凶狠時，必須出面安撫一下。

但大家其實是知道的：對於谷子來說，這一切都毫無意義。

不過無論是谷子的友方或敵方，其實都懷抱著相同的疑問：谷子所愛戀的、豢養的男子是怎樣的人呢？

大抵上，她最大的才能，就是讓愛她的人與恨她的人，都保持著同樣的距離。

她們無從猜測。就像她們也從來無從得知，谷子右手缺了的那根小指，是在怎麼樣的狀況下斷的？所有的人一致想像，那一定跟過去某個男人有關。畢竟，歡場的直覺是最準的，至少對於一個人是採取怎樣的戀愛姿態，是怎樣都喬裝不了的：谷子過去是一位會為了愛情粉身碎骨的女子，將來也是，這是她的宿命，也是她的美麗。

有一回，朝子趁谷子休假的時候，挖苦了她。朝子伸出右手小指，輕蔑地說：「我猜啊，她的男人對她來說，就像她那根小指般的存在。」

她這樣說，倒也無法反駁。谷子面對糾纏不休的客人時，會伸出那根斷掉的小指，笑著臉，溫柔地，又極其嚴肅地說：「如果你能好好勾住我的小指不放，我就跟著你走。」

這不是軟釘子，也不是半推半拒的誘惑技法，而是一種挑戰，亦是一種邀請。

她等著下班後，返家投懷入抱的那位男子，就是一位能緊緊勾住她不存在的小指之人。

她亦用不存在的指頭，勾住那猶如幻影般存在的男人。

月光下的男人（大正25年，東京高円寺）

他整日夢遊，抱著飢餓，偶有酒精相伴。

日落之時總在矮桌旁的榻榻米上沉睡，直到夜央才起。

無雲之月夜，他會被月光曬醒。在一片銀光沐浴中，他醒在不知何年何月、何處何方的狀態。這狀態讓他欣喜，也讓他哀傷。半夢半醒的姿態是最美的，可惜的是，這樣的狀態卻也是無能為力的。無法像醒時般能行動，也無法像睡夢中恣意遊蕩。最無能的時候，卻是最美好的時候。

他會半臥躺著，直到月光曬得他眼盲，感到皮膚冰涼，身體發麻到無法忍受為止。

像是今晚，滿月之夜。他怔怔地看著月亮，暗自想起自己來到東京不過數月，失落的感覺卻像是經歷了數年的失敗，幾近放棄夢想。月是故鄉明，但對他而言，東京的月亮是太亮了一些。亮得讓他目眩。

他翻滾起身，伸了懶腰，不願看向時鐘。只是他的心裡面，滴答滴答響個不停，提醒他虛度的時光。

坐在矮桌前，稿紙攤開，他靜靜坐在那，看著白紙映著月光，直到雪盲。然後他開始說話。

首先，無論多少遍，心中有無東西好寫，他都會叫喚自己的名字。他捨棄了家鄉、家人、朋友、工作，不顧一切，連自己的身分與名字一同捨棄，所為的只是那個名字，只存在於紙頁上的名字。他還不願意叫出全名，那個他希望留在文學史上，不，人類精神史上的那個名字。不過，暫時，一個字就夠了。那一個字，是他茫茫黑夜裡的微光。

他叫自己阿亮，即便他的精神是一片無邊無垠的黑暗。但想著這個名字，聽見愛人這樣叫喚，讓他感受到一道溫暖的微光，使得他的靈魂不至於凍僵。

經過大半夜，他終於，抖瑟著身體寫下詩句的最後一行：

吾所有的　唯絕望而已

然而，此刻，若有個旁觀的眼睛，會看見他仍然只是對著白紙說話，手上握著無形的筆，與其說在書寫，毋寧說是在顫抖而已。

「阿亮……」

谷子在天亮之際歸來，小心開門，不發出一點聲響，只為了這聲叫喚更為純淨地，進入愛人的耳中。她因此學會將話語，像以雙唇的肉，最小面積地銜起一張和紙，再輕輕地放開，猶如喝下一口熱茶後的輕輕嘆息，將他的名字輕喊出來。小聲得連自己的耳朵也聽不見。如此，才能不驚擾這個猶如池塘倒影的青年男子。

阿亮在矮桌前，靜坐成雕像。谷子不必看也知道，一整夜下來，攤在阿亮面前的，是簇新的白紙，洗了一晚的月光格外潔白的紙。

她相信他一直在寫，只是不在她面前。彷彿一整晚的工作，只是等待著她回來，讓她以雙眼，見證著紙上的潔白，一如他靈魂的純淨。

「他寫了一整晚」，她越是看見他徒勞地展現空白的紙頁，越是堅信不移。

他極其緩慢地轉身，怕是擾動了空氣會影響他們的關係。而這份關係，支撐了他脆弱無比的世界。她亦跪坐前行，如蝸牛一般伸出觸角一面滑行。

一如每一個相互等待的夜晚，趕在破曉之前重聚。谷子伸出她的右手，鑽進他的前襟，觸摸著他的胸膛。用她不存在的小指，堵住他心臟上頭不存在的、流著血的傷口。

每一晚，天明之前，她都央求他說一個故事。不管是什麼故事，他都要不停地說，一個停頓也不停地說，直到黎明破曉。

然後，兩人才相擁入眠，不顧外頭的喧囂漸起。

邊緣的足跡（平成32年，東京涉谷）

他走出涉谷車站，被人群推擠到十字路口。他想停留，卻被推過了馬路，頓時沒了方向。

恐慌。

待得進入商區的小巷，才得以像溺水者獲救般大口呼吸，人群中的窒息使他喘不過氣。像被人追捕到肺部撕裂般的痛。想到這，他稍微感到幽默。因為實際上他才是追捕者：他追尋幻影之人的腳步，從台灣的彰化，一路到了東京。

不過，要了解被追捕之人，首先要先感受被追捕者的滋味。

要追逐幻影，要先成為幻影。

他對自己這麼說，在光天化日之中，讓過曝的街景，在心中成為破曉時分的景象。他要去經驗那個男人當年經驗的一切。包括那個男人無經驗的部分，他也要不顧一切地，去體驗那份無經驗。

不顧一切，一如那個男人所寫過的：「我想戀愛，一心一意只想戀愛。」他知道，要了解那個男人，並非是理解那個男人的戀愛，而是感受，徹底感受那徹底的渴望，窮盡意志使自己全部的生命等著那最終到來的那一秒。

首先他要追蹤那個男人的足跡，站在那個男人所踏足過的位置。想像他，讓時光地層凹陷，掉進另一個人的靈魂裡。

喘息稍歇後，他冷靜地想：也許，那個男人，在他的時代，也曾嘗過這種文明對心靈的全面壓迫，也曾被擠到街道的邊境。

他不僅想體驗那個男人的渴望（而不是渴望之物），想呼吸他的窒息，想描繪他的眩暈，想遊蕩在他的逃逸，想活在他的死亡。

「邊境」，他拿起筆記，匆匆記下。在咖啡館的吸菸區找個席位，還來不及點菸就先拿起筆，回想今日的探訪。

他剛從明治神宮外苑返回涉谷，整個上午，他都在新建的新國立競技場外徘徊。他在外頭走了兩三圈，想像自己是卡夫卡《城堡》裡的 K，離心地在建築的周圍，用繞行來測量。他武斷地認為，城堡必須不存在，即使存在，K也必須用他的徒勞嘗試，將城堡空洞化，這才能成為永恆的象徵。那個男人，他以「阿亮」這名字來取代其真名的男人，之於他就是城堡。為了證明城堡的存在，就是永遠被拒絕在外，同時滯留在邊境。

他讓「sensation」引導，不去思考，讓內心的話語也沉寂。為的不是別的，他需要在歷史的巧合裡，重新理解自己與那個男人之間的關係。

他所在的年代，將在東京舉行的奧運因為一場新世紀的瘟疫被取消了。那個男人消失於世的那年，東京也取消了奧運。理由是因為戰爭。瘟疫與戰爭，都與中國有關。

這給他一點猜想，至少反覆咀嚼著，為什麼那麼男人最後的作品裡，有位角色叫支那子呢？

同時思及兩個年代，他覺得不可思議：若那個男人逝去之年的取消，已經被歷史遺忘，那麼他自己的時代的取消，也終將被遺忘，甚至早就被遺忘了。

彷彿，在取消奧運的同時，也將這一年給取消了。即便延了一年再舉辦，也不能取消那年沒有舉辦東京奧運的事實。

消失的時間，在他眼裡並不是時間的終結。而是時間以伏流的形式，在另一個世界裡延伸。所有的終結，不過是另一個時間的開始。

看著涉谷街頭的人們，若無其事地活著，突然間感到無所適從。在他感覺裡，這一年像是虛構的，不曾存在過。世界祕而不宣，像是被脅迫著不能戳破真相。於是，所有受苦卻佯裝無事的人們並不只是受害者，他們不過是為了世界的表面能正常運轉的共犯。

他猜想，那個男人在當時就看見世界的虛假。或許，更早之前，那個男人就察覺了。因此那個男人的生前友人記憶的種種荒唐，實際上是某種清醒的抵抗，即便那總是徒勞的。既然沉淪是世界性的，那麼只有讓自己在這世界中墮落才可能掙脫，至少，可以不那麼一致地與世界同流合污。

人們都說，那個男人悽慘的死去。但實情會不會是，他其實無比幸運地，完整於遺忘，甘心於沉默，留跡於失蹤裡？那個男人最終的行方未明，意味著他可以恣意地，在其所熱愛的未明之處（但並非黑暗）浪蕩，期待破曉，無論是否真能等到，或真會來到。

一回頭，「sensation」帶他走出了涉谷，進入了杉並區，他毫不費力地進入想像的街道，那個男人筆下的高円寺浪人街。

賣書者（大正26年，東京神保町）

阿亮把谷子給他的零用錢全拿去買酒。同居的一年多來，谷子沒有因此說上一句話。

山窮水盡之際，他會梳理好自己，款起書，前去神保町賣書。

這是他精神上最下賤的時刻，亦是他唯一會的乞討方式。

所以他相當珍惜，收起平常的放蕩，慎重行事。賣書的那天早晨，他滴酒不沾，用剃刀將臉上所有的細毛刮去，抹上髮油，穿上他最愛的詰襟，體面的出門。

儘管如此，阿亮在踏進古書店時，還是感到羞歉，怕一下就被看穿了目的，整個人畏畏縮縮的。他佯裝平靜，徜徉在書櫃之間，在昏暗窄仄的空間裡，收納起自己的內心。

在書櫃的狹長廊道中，阿亮想起剛來東京時，一天到晚流連忘返於古書店，簡直到了廢寢忘食的地步。當時他會省起飯錢，買下那些令他眼睛一亮的書，配著飢餓，才走出書店，就在路邊貪婪地讀起書來。

他巡視書架上的文字，遇上喜愛的書或是作者時，壓抑著叫喊出來的衝動。以歡愉之聲，或以痛苦之聲喊出。那像是愛人的呼喚，被呼喚的被愛者，能夠不以更熱情的聲音回應嗎？如果他能夠出聲，他不但會大聲喊出，甚至應該歌唱，應該狂歡。然而，是什麼，使得他在書本前噤聲，甚至感到自慚不已？在知識與美之前，人不是該是平等的嗎？一想到此，他感覺書本的嘴，就像無法翻開的紙頁，緊閉著不再對他說話了。過去幾年下來，曾懷抱著巨大夢想的他，從殖民地來到殖民國，他努力專精於殖民者的語言、文化、歷史，意欲透過殖民者的力量接觸世界，找到能大聲說話的機會，卻只草草說了幾句，便耗盡了才華，最後落得如此沉默。

越喜歡、越想看的書就越刺痛他。

阿亮的雙眼，不知是睡眠不足，或是因為古書的灰塵而充滿血絲。他小心翼翼地伸出手指，以指腹撫摸書背，感受紙的紋路，卻不敢取出翻看。他曾以為自己屬於這裡，不料終究被此處逐出。

放逐之人的命運是永恆，永無落腳之處。

此時此地的感受正提醒他，這就是他來日本內地的隱喻了。告別家鄉，落腳東京，並不意味著他朝中心靠近，爬上同等的地位。反倒是離中心更遠，是最徹底的放逐。在這裡，比起在殖民地的家鄉，更能清楚明白那道跨不過去的門檻。

可悲的是，即使晝伏夜出，放浪形骸，痲痺於酒精，他其實相當清醒。他清醒得痛苦萬分。他知曉，如何假裝或如何自由自在，無論他對書本是熟悉還是陌生，在他踏進書店的一瞬間，他的氣息就被老闆與其他客人辨認出來了。他左支右絀，一不小心，還碰倒堆疊在走道上的一落書。隱隱地，他感覺被整間店的人窺看，甚至竊笑。但是最可怕在於，當他抬起頭來，卻發現沒有一個人注意著他，彷彿他是透明的、不可見的。他很清楚這種感覺。他從來不在同一間書店變賣書本，然而每次都遇上相同的情況。他猜想，他的身上，早就被悄悄地記號了。

不妨承認吧，他想。那個記號，就是他身上的氣味，來自殖民地的氣味，怎麼洗也洗不掉的。

阿亮知道自己裝不下去了。他咬緊牙關，將背在背後、裝著書的包袱抱在胸前，走向櫃檯。他知道，接下來短短的幾十秒，是他在這裡最具資格說話的時間。因為他將成為賣家，販賣他的書。他的夢想，他的人格。

只有在賤賣的時候，低賤之人得以開口。他以廉價的方式為自己討價還價。

老闆低著頭看書，只轉動眼珠看著他手上的包袱。老闆示意他放下書，然後緩慢地，一本一本檢查書況，翻看有無破損、畫線、污漬。

「請仔細看啊，這些書不但好，而且乾淨無比，」阿亮小聲地，說出唯一的一句話。老闆沒有反應，像是沒有聽見，又像是阿亮並沒有把話真的說出口似的。

突然間，他已不在意能賣得多少錢，是否有錯估書的價值。此刻，他認真的感受世界的虛假。虛假並不是不存在，而是確實存在的，沉重得令人窒息的。唯有這種時候他感覺自己活著，切切實實。不存在，至少不在此的，是真實的生活。「真正的生活是缺席的」，他想起這詩句，心情好過一些。因為真正的生活若是存在，他必然會狠狠地拒絕的。

他賣書換錢，谷子出賣身體換錢，本質上是一樣的。谷子的尊嚴，能在一切的惡意與貶低中生存，不也是因為她明白箇中道理？莫怪波特萊爾眼中，販售自己文采的詩人，與出賣肉體的妓女是類似的。

一陣恍惚再度襲來，在這屈辱即將壓垮心靈之時，他無端地感到甜蜜的醉意。若不提醒自己，恐怕就要醉倒了。他匆匆拿了賣書錢，狼狽地走出店門，在巨大的暈眩即將襲來之時，突然有人拍他的肩膀，用家鄉語喚住了他。

「總算抓著你了。」

同鄉與異鄉（大正26年，東京神保町「天麩羅はちまき」店內）

阿亮聽見故鄉的語言，這突如其來的熟悉，不經他許可的親暱，讓他感到冒犯，是種被人在舞台上揭穿偽裝的惱羞成怒感。他怒氣一下衝了上來，又混雜著想拔腿逃跑的恐懼。可是那搭在他肩膀上的手抓得那麼牢，連一點耍賴的機會都沒有。

阿亮遲疑了一秒，立即拿出他一貫的偽裝。他慢條斯理地轉身，擠出誇張又有點無賴的笑容。這是他與素有恩怨之人狹路相逢，自知逃脫不了時，所裝出的好整以暇的姿態。一無所有之人，正因為光明磊落，才顯得高深莫測。

「是你啊，足久沒見了。」

他以故鄉的語言，裝作親暱的回應。對方神色間透露一種困惑，他知道已經扳回一城，接下來要小心應對。

對方似乎也察覺情勢被逆轉回來，於是更直接的挑弄他：「你擱來賣冊啊？甘是無錢買酒？甘毋是偷別人的書來賣？」

這句話雖然令人不快，但他知道一來一往間，已經讓對方稍微亂了陣腳。即使不是占有優勢，至少不是被牽著鼻子走。

他當作沒聽見這句話，露出卑鄙的笑容，稍微大聲地用台語說：「佇遮講台灣話甘好？」

這句話果然奏效，小吳左顧右盼，發現一旁的日本人對他們側目，羞紅了臉。連帶地使他的表演更為輕鬆，他改用日語與對方寒暄一番。

他與在街頭高談闊論愚蠢意見的人不同，他缺乏展現自己愚蠢的才能。他寧願當沉默的傻子，也不願自詡聰明地發表眼界狹小的想法。在他心中，寧願落魄，也不願失去優雅，詩人是現代沒落的貴族。所謂的同類人，不過是能彼此包容其愚蠢，並感到安心愉快的關係。為此，他只有扯謊，唯有裝瘋賣傻，才能夠發出一點家畜般的聲音。阿亮正因為厭惡謊言，所以像這樣純然扯謊，有種異樣的快樂。至少這種時候，他可以毫無猶豫地厭惡自己。

眼看自己的態度快要徹底惹怒對方，阿亮突然話鋒一轉：「小吳，說了這麼多的話，我也餓了。我一早到現在還沒吃過東西，請我吃頓飯吧？」

「你這傢伙，你還欠我不少錢吧，何況你不是才賣了書？看樣子你一點長進都沒有。」

阿亮擺出無賴的笑臉，說：「別這樣說，我們不是朋友嗎？而且你應該有話要對我說吧。」

在阿亮的提議之下，他們走進天婦羅店。阿亮自顧自的點菜，彷彿他才是東家。

「喂，別太過分了。你曾經兩手空空到我家，把我一整鍋燉內臟給吃光了，那可是我接下來兩三天的伙食啊。你真的是一位吸血蟲。」

吳三郎來自台中，才氣不高，也沒有雄才大志。但至少他清楚自己的能耐，發表過幾篇不成熟的詩作之後，只能發表零星的評論以及翻譯。不過他為人謹慎，不去迎合、苟且，倒是在東京的留學生當中頗受歡迎，並甘願去擺平一些台灣留學生之間、台灣留學生與其他國家留學生團體之間的問題，甚至連地方的警察，偶爾會來探問他一些消息。

「吸血蟲嘛。如果吸血才能飽食的話，我會毫不猶豫地朝人的皮膚咬下去的。到底，我跟芥川龍之介小說裡，打劫老太婆衣服的那個人相差無幾。為了生存，我什麼事都做得出來啊。」

阿亮的話不容易區分是認真還是玩笑，總讓人難以招架。他在故鄉時已是不羈之人，來到日本後更為狂放。他的孤立未必完全出自個人意志，在台灣的留學生中，多半是不受歡迎的。即便他的小說曾入選日本本地文學雜誌，是台灣作家夢寐以求的成就，不過他的為人處世的古怪，兼以不時發表的危險議論，讓這群必須小心翼翼生存、明哲保身的留學生保持距離。

不過，到底還是他的個性孤僻，行蹤成謎，以至於關於他的消息，多半是難以證實的傳聞。

「你別說這些。有些話我要問清楚。你這幾個月，不，這一年多到底住在哪？還在跟那個日本寡婦同居嗎？」

「是啊，居無定所，像我如此無用之人，只能靠著女人用賣身賺來的錢來養活我。」

三郎究竟是關心他的，雖然腦袋不好，不過個性耿直，不因他的話語而迷惑。

「我知道你不會說真話。我只想提醒你，你跟那群左翼分子別太親近。現在戰爭發生，政府更不可能容忍有人滋事。有傳言，你跟高円寺那些浪人來往密切。不對，應該說不只是傳言，警察那邊已經得到消息。前陣子，包括我與兩三個朋友才被抓去問話。不管你做什麼，別連累到我們就好。」

阿亮走出店時，下午的陽光恰好被烏雲遮去，打下曖昧的光影。他思忖著這個過於虛假的世界，以及接下來的藏身之所。即便他知道，所有的棲身之處都只是暫時。

明明該擔憂，卻在這種微醺之中感到快活。危險是他靈魂的酒精，醉中前行，簡直想哼起歌來。

白日夢裡的孩子（大正26年，東京高円寺）

有時阿亮白天會陪著谷子，兩人只在屋裡睡覺。谷子喜歡與阿亮晝寢，即便兩人同床異夢，能同時做著夢還是幸福的。

至少，只要在身邊，他的夢再危險，她都能立即把他叫喚回來。因為基本上，她早已知道，也早已接受，這個男人所懷有的夢，不是關於他，而是關於世界，關於她與他都抵達不了的世界。在睡夢之外，在房間之外，也在她之外。她無權也無意徒勞拉住他，只願守護他小小的白日夢。她亦準備好，在他某日永遠缺席在這世上之時，將守住他那一疊疊留下的白紙，一個人堅稱這些就是他的全部傑作。

有人守護是幸福的。她看著阿亮的睡臉，猶如永恆的少年。他的美像是隨時會凋謝一般。

她不是沒有被一些人警告過，甚至被人跟蹤、打探，甚至有幾次幾近要脅地被帶進警局問話。她知道阿亮在跟危險的事物打交道。賭博或投資也就罷了，她看得出來，他所投入的，比這些危險的更多。若不阻止他，他終將與世界為敵。她謹守默契，她知道，一旦她過問或干預，這個男人是寧願凍死街頭也不會接受她的救濟的。

她無條件地將工作賺來的錢給他。也心甘情願地，在他每一次說「這個地方待不下去了」的時候，毫不猶豫地捲起包袱，搬到某一個更為窄小隱密的住處。她願意繼續在酒店工作。在他需要她接近任何人、要她打探任何訊息的時候，她都願意義無反顧地去做。

她不擔心自己，因為除了他，她一無牽掛。況且她清楚阿亮的溫柔，如此纖細敏感的他，是不願意傷害任何無辜者的。尤其她知曉，儘管阿亮需要她無條件的支持甚至犧牲，但真的出事的時候，他是絕對不會連累她的。說到底，她其實不怕被連累。她最害怕的，還是失去他。寧願共赴黃泉，也不願被拋棄而獨活。她早已下定決心，以她失去的小指發誓，要竭盡一切可能，記住他。

他們彼此知曉，即便她對於他從事的活動一無所知，她也是這世間，他最信任倚靠的共犯了。

這是她的特權，也是她的幸福。

晝寢的時刻，她捨不得睡。看著他的睡臉，時光徐緩。實際上，每當她工作歸返，看著他的睡臉時刻，她其實累得連眼皮都睜不開了。漸漸地，她學會看著他做夢，或是在夢中也看著他。在這夢際之間，阿亮不僅是情人，也是她的兒子。

她喜歡阿亮，喜歡他的單純，也喜歡他的寬大。唯有他，能不過問她的過去，卻又如此關心著她的全部。接觸了那麼多難以計數的男子，唯有他可以做到。她就是這個樣子，毋須自慚，毋須交代，只要這個樣子就好。沒有坦白與否的問題，於是她的祕密變得甜蜜。

以年齡來算，阿亮與她過去唯一的孩子年紀相同。她想像，假如她的兒子太郎仍然活著的話，應該是差不多的形貌。

回憶偶有帶刺。在夢際之間的甜夢裡，那個令她作嘔的男人還是會浮上腦海。那個男人她是不願再想起了。那既是太郎的父親，也是殺害太郎的凶手。

可兒。她想起他的姓氏，就猶如一把巨大的鉗子夾著她的頸部。她二十多歲時，憑藉著自身的才藝，在吉原一帶成為知名的花魁。儘管接觸的人多，當中也不乏達官貴人與名人雅士，自認懂得識人的她，其實仍是膚淺的。畢竟，最為她的美貌與才華魅力而暈頭轉向的，其實正是谷子自己。

她選了一位最有未來發展性的男人。可兒幫助她贖身，谷子也順理成章當了他的情婦。可兒的確有抱負，也有璀璨的未來等著他。只是在他設想的未來裡，並沒有谷子的身影。對於可兒來說，谷子是個價值高昂的玩具，是個他可以把玩，或加以炫耀的。她像是精緻的，擺在台座上的人偶，觀賞時散發著光彩，一但取下便很快地變髒，一下就壞了。

可兒無論在精神與肉體上，都把谷子當娼妓。他喜歡帶著她參加與朋友的聚會，在言行之中與朋友們一起輕狎她。起初只讓谷子覺得是酒醉的失態。很快地，她發現可兒與他的朋友們酒過三巡後，失去人類形貌的亂舞、惡鬼般的面孔、野獸的眼神，才是他們真正的面目。可兒贖她，並不是給予她自由，而僅僅是購買了她，視作專屬的奴隸來看待的。她是貨品，瞬間，她發現跟著可兒走，如同宣告她的靈魂也一併被出賣，而且是自願的。

她有了身孕時，可兒對她的興致也變低了。產下太郎時，她依靠過去的藝伎姊妹們陪伴，幾乎死去一輪。可兒對這孩子不聞不問，只給予母子少許的錢過活。可兒言語間不難聽出，他並不認為太郎是他親生兒子。

谷子內心裡也寧願如此，太郎僅屬於她就好，不需要任何父親，尤其是可兒這樣的男人。她不願太郎認此人為父親。

可是，就連這樣的覺悟也於事無補。太郎九個月大時，高燒不退，谷子四處求醫無法救治，三天後過世。

可兒一次也沒來探望，唯獨喪葬費給得大方，無疑讓谷子內心更為刺痛。決心要脫離可兒時，兩人發生激烈的爭吵。可兒雖然輕賤谷子，但占有慾極強，不會放掉任何認為屬於他的物品。谷子早已準備，從懷中抽出短刀，在可兒面前晃了一下，毫不猶豫地切下自己的小指。

「你看啊，人的指頭可不像螃蟹切了可以再生，我是無法回頭了。還是你想試驗看看？」

可兒因谷子瘋狂的舉動驚駭無比，認為會對他未來鋪的路造成威脅，狼狽退出她的住處。

谷子從此孤身一人，重新以自己的方式過活。沉浮了十多年，直到在街頭遇到了醉倒的阿亮。她出於善意接濟的男子，成為她賴以維生的精神支柱。

對她而言，除了自身，再也沒有其他地獄，唯獨守護阿亮能夠彌補她的缺憾。

谷子知道怎樣從酒醉的姿態看穿一個人，而阿亮酒醉的姿態，是她見過最為優雅而溫柔的。

就像人在夜裡的樣貌比白天真實，在睡夢之中比醒時誠實。他們的愛情如同破曉前夕，明知短暫卻又令人無比眷戀。

左轉者（平成32年，東京高円寺）

他抖動鼻子，像狗兒般嗅著空氣中的氣味。

有些事情怎麼準備都不夠，就像許多真實怎樣想像都夠不著。真正的想像不是建立在虛空中，而是在經驗中滋長。想像是活的，是不斷誕生且生長的，需要以真實為養分，要以整個真實世界的時間來換取。真正嚴格意義的幻想家不會背叛現實，亦不悖離時間。幻想家活在現實的時間裡的。

如此，才能抓住裂縫，如剝開果實的外皮，抵達多汁的、散發著晶瑩光澤的果肉。

高円寺一帶，相隔了八九十年，當然與他追尋的那個男人當初所見不同了。這倒無妨。他繼續嗅聞空氣無形的氣味。他固執相信，比起可見的古蹟與街道，難以掌握的味道才是引導他的關鍵。就像比起留存的影像，他寧願相信文字。

若能聞到那早已消散在空氣間的氣味，他必然能與那幻影之人共存，分享著同樣的氛圍。

於是也無所祈求，放心給街道。無論換了多少次樣貌，街道就是街道。他與遊客享有的，既是同樣的街道，亦是截然不同的街道。

他由陰鬱走向歡愉，沉浸在不安當中的歡愉，在內在與外在的來回翻轉中頭暈目眩且心醉神迷。那個人心中，是應該有更多顏色的。踏著腳步像是跳舞，行走在純情商店街，先嗅到的是人的味道，香水味、汗臭味、髮味、頸後之味，女人的味道與男人的味道，老人的味道與小孩的味道。漸漸，他辨認出每個經過的人的不同味道，然後，抽離出某種時代感，一種活在特定時間裡才會出現的味道。

味道保有時代的空氣，空氣保有時代的味道。

他辨別出某種自由，某種頹廢。即便在浮動擾動的商業符碼中，在慾望與金錢的相互推波中，這裡的某種惰性，稍微偏離商業中心的閒散，形成一種獨特的氛圍。

他走著，辨認著，被「sensation」帶領著。突然，內心一陣酒醉感，腳尖踢到了水溝蓋的凹處，踉蹌一陣，在以為要跌倒之際，肩膀撞上一名少女。

「抱歉！」他反射性地道歉，深怕撞痛了少女。才一抬頭，那位穿著學生制服的輕盈少女已經在身後兩三步遠，跟著同伴參雜著笑聲與談話繼續前行。

少女回頭看他，露出一邊笑渦。他的意識順著笑渦轉了幾圈，才回到原處。他的世界如舞台一樣在閃瞬間換景了。與陌生少女的偶遇與迷惘是把鑰匙，他成功在此找到了縫隙，潛入了虛構中。

他站在原地，讓人潮經過，擦過他的肩膀，像水草般被左右推擠。他品嘗著細針插到心臟般的痛，明白地，在這擦身而過的少女身上，他知道自己錯過了一種幸福。或者說，這錯過才是幸福本身。這是永恆的錯過，才能認識的幸福。

如果不是這沒來由的醉意，他是無法看見這個笑渦少女的。一個經過他身邊的，卻不能真正觸著的，如花影般的少女啊。

在打開的身體感官裡，他回憶起那個男人的回憶。他在自己的身體回憶那個男人所說的，街道狹窄，沒有人行道，人與人甚至與車爭道的高円寺。

那個男人來到日本的前幾年，東京市擴大了行政區，新增了二十個區，成為三十五個行政區的大都市，直到戰後才整併成現在的二十三區。而高円寺屬於當中的杉並區。對那個男人來說，這個新劃入的地區，仍有郊外的氣息。這裡恰好坐落在微妙的位置，離市中心再近一點則物價太貴，再遠一點，搭車進市區的車程不僅更遠，車資也更高昂。他想，也許，那個男人終究是曖昧的。棲身於曖昧之處，行動於曖昧之時。那個男人的蹤跡，必然在曖昧處，蹤跡本身亦是曖昧。

如此，卻讓酒茫於人群的他再為清醒不過。此刻，他同那個男人一樣，遷徙不斷，各處落腳，彷彿追趕著，最後進駐於此地。並非固定下來，也並非安棲，這個無處之處本身猶如海市蜃樓。他謹記那個男人所寫的，並不是融入這街道與區域中，而是整個高円寺的風情融入了他的調性中。

那個男人說，至此，他再也逃不掉了。被什麼一路追趕至此，終於不再逃了嗎？他想。

日落，太陽像是脹大一般火紅著。他的臉頰也紅潤了。夜晚的招牌在暗藍色的天色中一一點亮。反倒在這樣魔幻的時刻裡，他的感受突然沉睡。他的心如同墜落般難受。但這也是他要共同去承受體會的，活在非現實之人，必然比一般人更懂得現實，尤其早已付出了代價，在每一次的幻想浮起之際，就預告著下一次的墜落，並且一次比一次的重。

高円寺這邊畢竟還是改變太多了，他想。

腳步放慢，思考著時代。差不多也是東京擴大行政區那段期間，日本的共產黨幾乎分崩離析，而核心的人物被捕，在監獄的教化下，一一轉向。

轉向。他想著這個詞，心中卻無法確實的回應。

繼續走在這亦變成資本發達，只是稍有點閒情逸致的街道裡，他決定不依靠任何的目標指引，遇到任何的路口，只願左轉。

一直左轉下去，無論是規劃多好的街道，也必然會迷路。他想走進迷路的路途，讓自己成為醉行之舟。

燈塔（大正27年，東京円山町）

戰事投入更多，谷子他們這一行也越來越難以生存了。儘管日本軍已經占領了華北與華南，正準備攻下武漢，但是隨著戰線的延長，各種物資也變得越來越匱乏。

不僅是因為不景氣之故，年輕男人越來越多徵召入伍。此外，再加上這類場所不符合政府鼓吹的觀念，取締上更為嚴格，即使沒有被勒令停業，也是苟延殘喘。

谷子的舞廳也不例外，不過或許由於店裡的兩位紅牌還在，業績只減少一兩成。老闆畢竟對時局敏銳，知道低調行事。靠著暗示或是順水推舟，讓一些年輕舞女轉職或嫁人。老闆將營業的時間縮短，排場也簡單許多，以提前因應難以預期的戰事。但如此一來，這裡還是在一兩年間突然變得破舊，令人感到寂寞。

谷子卻還是一點也不顯老。在這不安的氛圍中，她不變的形象，安慰了許多客人與同事。

朝子方面，則在這一年間迅速變老，臉上的笑容也逐漸喪失，也時常惹火客人。季子說，朝子的大學生情人據說上了戰場，派往了中國且失去了聯繫。朝子寫了上百封的信，情緒不佳時，會自言自語，根據亞美的說法，她已經瀕臨瘋狂了。有些姊妹寧願離職，除了時局不好，也多少因為朝子難以相處的緣故。

谷子不禁唏噓，而她除了細微的體貼或溫柔的沉默外，其實愛莫能助。

說到情人行方不明的狀態，她其實也好不到哪去。甚至在她主觀感受裡，阿亮也身處在凶險的戰場。朝子的情人，無論如何，都還是日本的子民，即便喪命，仍然是光榮的，有權利能為之流淚。然而阿亮卻不是日本人，他即便死了，除了她，也沒有人能為他傷悲。甚至，阿亮可能一不小心成為國家欲剔除的潛在敵人，成為令人唾棄的，低賤又叛國之人。

谷子不說，可是心裡是明白的。阿亮自己也清楚。所以他的一切偽裝、融入，想要擠進日本文壇，以及從事的運動，心態上面全是一樣的。他以積極融入的姿態證明自己的放逐。

他要對抗的，就是那堵牢不可破的牆。他要以肉身的犧牲，來抹去這道疆界。有形的牆，要以物理方式推倒；無形的牆，要以形而上的方式毀去。他期待透過犧牲，把自己變成一種象徵，這象徵，能喚起大眾注意到這看不見的牆，進而推倒它。谷子知道，阿亮想推倒的，不僅是隔閡日本人與台灣人的高牆，甚至是有錢人與窮人的牆，推倒全世界的牆。他渴望的，不單單只是與日本人的差異，而是全人類的平等。

然而，谷子亦察覺到，阿亮的想法，因為接連的挫敗而失望。他的堅持是一種失敗的追求，不換取任何成果的犧牲。他甚至想，阿亮只是尋求一個藉口來自我毀滅，因為他是沒有勇氣自殺的痛苦靈魂。

阿亮的純粹與熱情，終究在戰爭時代裡變得殘酷無比的現實中一敗塗地。戰爭是巨大的噩夢，活在戰爭時代裡的人是無法保有自己的夢的。他原有的傲氣，不免變得怯懦。可是谷子的愛是如此一無反顧，她連同他的懦弱一起愛了。

阿亮越來越難掌握行蹤，像是隨時會消失在這世間一般。

谷子不顧神經兮兮地窮追不捨，甚至一點追尋的意圖也沒有。她知道這個男人是留不住的。哪怕再挫敗、再卑微，他的靈魂總是純粹的。若勉強限制他，他的靈魂就會變質，剩下空殼。他會在她有意跟蹤、掌握之時，躲進影子裡，折疊進現實，逃到她找尋不到的地方。或是更糟的情況下，阿亮或許會憐憫起她，與此同時，也將是宣告阿亮愛她的那個珍貴部分蕩然無存之時。

谷子寧願把自己活成一座燈塔，當阿亮抬頭時便能望見。谷子願站在那裡，讓阿亮隨時找到方向，即使她不是他的停靠之岸也無所謂。她願變成光，假如阿亮成為影，反之亦然。

「啊！」

忽然間，谷子在化妝室聽見了叫喊，是亞美的聲音。她留心傾聽，判別狀況，一面推門出去。亞美癱坐在地上，季子在一旁，幫忙用手帕擦乾散落在亞美身上的酒水。地上摔破的酒杯，在昏暗著光線下，邊緣更顯得銳利。

朝子緊握拳頭發抖，抑著脾氣，跨過還在地上一臉惶恐的亞美與季子。

朝子朝著她的方向走來，明明是面對面，谷子卻發現朝子的眼瞳一點光芒也沒有。朝子的眼睛沒有看見任何人、任何事物，只見自己的哀傷。谷子心中一揪，彷彿見到二十年前的自己。那不是被拋棄之傷，失去愛人之傷，朝子的臉上，有一種特殊的悲傷。谷子在沒有任何信息的情況下，意外的猜到，朝子的傷痛，是喪子之哀痛。

這份衝擊，連她也險些承受不住。她呆立半晌，才回神注意到季子與亞美互相攙扶起身。他們神色驚恐又慚愧。在那神色中，谷子已經大概猜到發生什麼事。

季子害怕地說：「谷子姊，剛剛亞美只是⋯⋯」

谷子打斷她的話：「沒關係，我猜到了，不必跟我解釋。妳們先跟老闆與客人道歉。賠那桌客人一瓶酒，帳先算我頭上。然後去換一套衣服。」

還沒等她們回應，谷子就轉身，輕輕推開化妝室的門。不論如何，即便她無意爭奪地位，形成派系，但畢竟是自己身邊的姊妹們犯錯，理應由她出面跟朝子道歉。況且，她有些話想對朝子說。

谷子看見朝子那張令人恐懼的臉，而她不怕。因為她們是同類。谷子像是靠近自己一般靠近朝子，像擁抱自己一樣擁抱朝子。抱進身體裡的緊抱。她知道某些傷害是不會痊癒的。她緊緊抱著，努力讓這個瀕臨破碎的形體不至於散落一地。

起初朝子像是雕像，慢慢變成人偶，然後化為受傷的野獸。她低聲嚎叫，最後成為了嬰兒，在谷子懷中大聲號哭。

這短短的幾分鐘，谷子如同經歷過生死，看著眼前的朝子，她決定伸出雙手，拯救了過去的自己般拯救朝子。這陣子朝子隱瞞的事情她全看在眼底，她猜出來發生什麼事。換言之，只有她能保護朝子持續自殘。

「谷子姐，這麼失態真是抱歉了。」

「我都明白。我也曾失去過孩子。」

朝子困惑地看著谷子。

「妳也有過嗎？沒想到竟然被妳看出來了。」

「是的，差不多妳的年紀。我不是流產，但是還沒長大就夭折了。他死的時候，我如同自己也一起死去了。」

朝子忍不住再度低頭啜泣。

谷子問：「孩子的父親呢？」

「他還是大學生，現在上戰場了。」

「很久沒消息了嗎？」

「最後知道他被派到滿洲。我原想說至少幫他生個孩子，有個萬一的話……」

谷子突然內心出現不好的預感。

她心想，其實若不是戰爭，若不是這些無意義的彼此殺戮，能與阿亮前去滿洲，展開新的人生，那該有多好啊！

罪與罰（大正27年，東京高円寺）

谷子因為店裡的生意變差，回家陪伴的時間變多了。阿亮雖是浪子，且涉入的危險越來越深，但在這樣惶惶不安的時刻，日本軍在中國的戰事陷入泥沼之際，阿亮對於谷子卻更加的溫柔。這深深入骨的溫柔，讓谷子甚至微微恨起他來：究竟，是想刻進我靈魂多深之處啊？

如果阿亮是單純利用她就好了，谷子想。在肉體上尋求慰藉，或是在金錢上尋求援助也好，以最粗暴的方式作踐她，無情地且一股勁地把她往地獄下踩就好了。可他即便索取了那麼多，如野獸般的情欲淹沒她的身心，他也討取了她大部分的皮肉錢。可是她總感覺，自己是受到更多回饋的那位。這份幸福，是她不管輪迴多少次，也不見得能再度擁有的。

光是享有這份幸福，享有阿亮的純粹，依伴著他的才華與理想，谷子竟感到罪孽深重。承受自己不應得的幸福，這樣的罪，理應受罰。最令她忍不住哀傷的，是阿亮以為自己才是有罪的那個，並早已在懲罰自己了。

至少，阿亮開始願意寫了，面對著稿紙，再也不是重複著空白，猶如虛擲的光陰。谷子知道，那是他做好準備要犧牲了。她理解，阿亮所有的寫作，都是抱持著留下遺書的覺悟在寫的。她以自身的賣身經歷來理解阿亮，能夠交換與販賣，對他們這樣自尊心極高的人來說，其實是確定了身上已經有些部分是不可交換也不可販賣了。他現在寫的，就是為了不能換取任何事物的作品。

能書寫的阿亮，必然已經安然保護起不能書寫，也無法言之的部分。谷子知道自己也屬於阿亮永遠埋藏的祕密，因而感到欣慰。

過去，谷子喜歡聽他說說故鄉的事，說說遇見她之前的事，談談那些他心嚮往，卻無從戀愛起的女子。現在，她喜歡聽他朗讀自己的作品，或念些書給她聽。這一陣子，阿亮念起一本很厚的書。阿亮說，這本作品叫《罪與罰》。谷子一聽到這名字就喜歡，但也心中糾了起來。

在他們的關係之中，誰是罪，誰是罰呢？恐怕認真追究起來，兩個人會起爭執且不會有結果吧？谷子往往一面聽著，一面想著。她枕在他盤坐的膝上，仰望他的下巴，在天明之際，一句一句地聽著阿亮念書。偏偏他們都各自覺得是有罪的一方，且義無反顧地尋求應有的懲罰。或許正是他們都不打算與對方爭論，才會在這個動盪的年代裡，沐浴在破曉的晨光間，模糊地體驗某種罪惡感，卻同時感到神聖的相愛吧？愛人這件事，是多麼令人沉溺，又如此令人折磨啊。

在谷子心中，拉斯科尼科夫的形象與阿亮重疊起來。因為貧窮而遭大學除籍的窮學生，不就是阿亮嗎？阿亮是否也跟拉斯科尼科夫一樣，出自於某種信念，寧願選擇自身背負罪行、染上血，除去某個惡人，某種他常說的「剝削」的貪婪之人，以拯救更多數的人呢？

她所認識的阿亮，或許不會真的殺人，然而他所犯下的罪，以及承擔的刑罰（甚至這也應該是他追求的？），可能更為嚴重。想到這裡，她不禁內心流著淚。

谷子儘管不常進教堂，但她在絕望的時候，經常會想起神。喪子的那年冬天，沮喪之際，被過往的姊妹帶去一個私人的會所。說是私人的會所，主要進行的卻是宗教的儀式。她之前只有少許聽聞，而未曾接觸過彌撒。卻在那渾然未解的狀況中，聽著聖歌、讀經、講道，她不自覺地一起祈禱，不明原因地流著淚。

當小說裡的索妮亞出現，谷子自然也將自己與她連結在一起。谷子也真切地被索妮亞吸引，對照起彼此的人生與命運。很奇怪的，這給了她一種撫慰，知道世界上也有與她一樣的人。她知道那是虛構的故事，正因為知道，給予她更奇妙的感覺。像是重新認識了過去與現在，也預示著未來。

讀起這本書以後，他們倆感動著並陷入更深的愛情。他們重新認識了彼此的愛情，而這份愛情已經是一種命運了。他們熱愛命運，如同他們不會背棄這份愛情，無需承諾，也無需有任何保證的結果。

尤其，在阿亮念到拉斯科尼科夫對著索妮亞跪下時，顫抖著幾乎無法言語。谷子則從背後擁抱著阿亮，輕柔地包覆著他的手，兩個人一起，一字一字地由上到下，由左至右地，將這段落念完。聽著拉斯科尼科夫的懺悔，像行走過地獄到天堂又回到了人世，谷子與阿亮若還有什麼無法坦露的，那也都無所謂了。

谷子的噩夢就此結束，即便人世還是煉獄，她也能再次地，無數次地，為了這份愛情義無反顧。因為她知道阿亮無論如何不會離開了，而她願意追隨著他流放到最遠的地方。

北海道也好，台灣也好，滿洲也好，香港也好，或那裡都不去都好。她願意與他綁在一起，以命運的線。若命運不是線，而是劍，就把他們一起刺穿，她將無懼。

在這本書結束之際，谷子覺得自己是那麼幸福，能與陪伴著阿亮一起承受罪惡。她以失去的那根小指發誓，不管阿亮犯下任何罪行，她皆不會放棄他。

她想，若真的還有動搖的那天，或阿亮真正行動了，並承受不住罪惡感，對她懺悔的那天。她會記得書裡面的話，原封不動地對他說：

「為何妳不責罵我，而擁抱我？」

「因為這世界上沒有比你更不快樂的人了。」

這本書的故事已經結束了，他們的故事還繼續著。

密會（大正27年，帝國飯店客房）

他進了房間，與開門者互換眼神，頷首示意，眼角餘光確認沒有跟蹤者。假如真的在這裡被捕，無論是有人設局，或是形跡敗露，都是他憑自己的意願走進來的。然而，如果真有地獄，還是自己堂堂正正地走進去好。他渴望的，一直是飛蛾撲火式的終局。

這間帝國飯店（帝国ホテル）是由建築師萊特設計的。剛剛在他走進了庭院，仰望起建築時，因為頭抬得太高，不小心失去平衡，倒退了兩三步。

如同他第一次踏上日本本土，在神戶港碼頭因為高度文明而眩暈。敞開在他面前的神戶港，不僅是摩登的日本，無數艘的外國貨輪，以及富有異國氛圍的建築，講著英語甚至法語、西班牙語的外國人。而是在那一瞬間，超越他限界的感官訊息，讓他看見了世界。世界，當時的他，感覺把全世界象徵性的收進眼底，圍著他旋轉，直到肉眼承受不住。世界就是他抵達不了的、承受不了的那個邊界之外的所有事物。

這份在陸地暈船的感覺，一直沒有真正消失。只是大部分時候習慣了，或就此忽略了。正因為如此，這感受成為他的探測器，他追尋著醉醺的滋味，在文明中酩酊。精神上的酩酊儘管不能緩和他的靈魂，至少更加清醒感受著。

「我緊緊擁抱我的靈魂，縱使它如此燃燒，我的肉身就是靈魂的柴火。」他這樣想。

即便想多看幾眼，但在外頭逗留，恐怕啟人疑竇。於是他抬頭仰望一眼，深吸了一口氣，像是潛入深海一般，走進了飯店裡。

如果不是認真思考過的革命者，可能無法理解，為什麼他們的密會，要安排在這充滿資本氣息的建築裡。他們不是應該與無產階級站在一起，在街道上、在工廠裡、在農田裡、在監獄裡？他們應該對抗的，難道不是政府、警察、財閥嗎？他不無幽默地想著，說不定此刻密會的他們，隔壁的房間裡，也許有另外一場會議，正討論著如何將他們趕盡殺絕呢！

這裡，可謂是深入敵陣，無疑是資本主義最腐敗的象徵之一了。

但這也無妨，他想。實際上，他這幾年下來，多半也清楚，最大的敵人往往不在外部，而在內部。同志之間的彼此出賣，甚至比警察的手段還要厲害。信任是不存在的，所有的，只有利害關係而已。要確認同伴或敵人，非得要內內外外都走過一遭才行。同時，在過程中，要有孤獨到底的覺悟。

走進了房間後，他忐忑之心也放下了。真是有詐，也不必這麼大費周章的安排。何況他對於運動是越來越清醒了：要推翻資本主義，反倒更需要資本的運作。走到了最深處，往往是曖昧不明的。

於是生命就像賭博，他並沒有猶豫，而是繼續下注，全盤下注。因為他知道自己最執迷的，不是黑白，不是善惡，不是勝負，而是那準備掀開底牌的前夕，擲下骰子，親眼看著命運宣判的瞬間。

他愛的是破曉前夕，愛的是黃昏，他愛踏在界線上。許多人說他生不逢時，對他而言，卻是恰逢其時，再也沒有比這樣的時局更加迷醉的了。

此刻，正是曖昧，空氣含有酒精般令他陶醉。

阿亮一眼記住房間內的擺設，大片的落地窗面對中庭，右面的牆，有個金色的屏風，上頭畫著花鳥，而屏風前有兩張扶手椅，靠窗的那張，坐著一個穿著派頭的男人。男人面對著窗外，只看得見側臉。

那就是今天的主角了，他想。

左側的牆，有座壁爐，前方有兩張單人沙發，則各坐一個人。兩位他都是曾經打過照面的，一位來是自朝鮮的金，另一位是來自支那的朱。

他朝門前接待者看了一眼，接待者的眼神沒透露任何訊息。

阿亮內心冷笑，坐上屏風前另一張空下的椅子。

靠窗的男子轉過頭來，與阿亮對眼。阿亮緩慢地，像是盯著鏡中自己的雙眼那般，恍恍惚惚又十分專注地坐下。

靠窗的男子輕咳一聲，視線從阿亮身上離開，他的眼睛掃過了朱也掃過了金，最後才看向門口接待的保鑣樣貌的男子。阿亮這時才仔細看清楚靠窗男子。他有蠟像一般的面孔，面部的肌肉僵硬，僅有兩顆眼珠靈活地轉，不停地掃向每個人與房間各個角落。

他向眾人介紹自己的代號為K。以通常的情況，是不會這樣會面的。K機械般地笑了兩聲，隨即說明情況。阿亮凝神聆聽，畢竟他警覺到這也是一種測試。

K回顧日本共產黨的情況，作為一個政府不認可的政黨，在「三・一五事件」與「四・一六事件」後不僅元氣大傷，黨內的分裂與鬥爭也益趨嚴重。儘管國內的經濟、社會條件，只須持續組織、煽動，以人民生活的不滿程度來說，有朝一日足以從底部動搖社會結構。不過，自從滿洲事變發生之後，政府、軍方與財閥合作的控制力道更大，不僅對於共產黨，所有的反戰、民主、自由的思想都被壓制，包括京大事件也遏止了學生運動。此外，佐野學與鍋山貞親在獄中的共同轉向聲明，等於給共產黨再度宣判死刑。

「日本已經徹底地把左翼運動壓制。跟德國簽訂反共產黨國際約定後，更無可能。我們只能眼睜睜看著全世界，自東亞到西歐，被資本家與軍人全面掌控。」金忍不住低聲插嘴，透露著敗者的屈辱感。

阿亮則自顧自地想著，金這句話裡，透露的屈辱與挫敗是雙重的。他的故鄉朝鮮被日本併吞，他們曾冀望的朝鮮共產黨，本身內部分歧嚴重，而日本的共產黨本身又幾乎消失殆盡，簡直沒有任何希望。

K不置可否，眼光越過阿亮，直接盯著來自中國的朱。朱慌張地回應：

「不可否認，日本這邊的情況不好。不過在關東軍與中國的持續衝突當中，滿洲地區的同志，倒是取得一些資源，包括農地、農民，還有武裝。」

K將眼光掃回阿亮身上，阿亮也盯著K，兩人對視之間，沒有透露一絲訊息。

「你呢，你的想法？」

台灣共產黨前幾年全面被捕的事，或是種種左翼運動、請願運動的失敗，阿亮了然於心。他亦明白，此刻的對話，將決定他的命運。

他看著K，像對著自己那般，緩緩地說話。

「我並非抱著天真的念頭才來到這的。我明白現在的情勢，不是空談就有用的。」

「意思是？」

「我們並不一定會以循序漸進的方法達到我們的目的。因此，我們不要在妄想能夠逐步推進，而是要讓想像力走到現實的前面，將不一樣的現實誕生出來，取代我們的現實。」

阿亮看著眾人，像準備好的演說發言：

「資本主義與帝國主義不會突然的瓦解。我們要展開另一種形式的鬥爭。這是精神的、想像的鬥爭，是意識形態的鬥爭。表面上，他們把我們逼得無處可躲，可是精神上我們卻能無孔不入。但他們在內心裡面，必然對我們是恐懼的。我們正是要抓住這種心態，我們要成為幽靈，成為幻影，要全面的種下思想的種子。」

金稍微激動地說：「這只是失敗者的思想。這不正是你說的空談嗎？」

朱則稍微贊同阿亮的說法：「即使這有幾分道理。不過如果沒有具體的作法，只是意識形態的鬥爭，只是空想罷了。」

三人激辯一陣，說著說著，彼此較有了共識。即使他們接受了阿亮的說法，不過確實，阿亮也承認若沒有實際的目標與方法，他們也終究淪為空想。然而如何可能組織、煽動，或在現實找到任何的縫隙呢？

聽完了一陣，K示意安靜，開始說話：

「無論如何，我們需要回到現實來。我們的思想是為了創造現實。我聚集你們，是為了討論一件事。根據我們的情報，歐洲的戰事一觸即發。現在希特勒正在擬定計畫，一口氣進占歐洲的領土。為了達到這個目的，希特勒會避免與蘇維埃發生衝突。目前已經有跡象，希特勒想先從西線下手。你們覺得接下來會怎麼發展？」

席上的三人面面相覷。K以眼神點名，阿亮打破沉默：

「如果德意志統一了西歐，那麼下一步就會轉過頭來對付蘇維埃。」

朱接著說：

「但相反的，德意志的西線若陷入膠著，反倒給了蘇維埃餘裕，有機會解放歐洲一些地區。」

金則激動地說：「不，若是這樣，蘇維埃應該將重心放回遠東。德意志專心於歐洲戰場，看見蘇維埃沒有威脅，便不會突然想東西同時開戰。蘇維埃應該趁著歐洲戰局無暇兼顧時，把資源投注在遠東各地的同志。」

K回應：「說到重點。目前來說，蘇維埃需要穩住共產主義的基地，才可能幫助我們遠東的革命運動。所以，首先是空間。我們要製造出空間，一個讓總部優先投注的空間，來換取革命成熟的時間。時間夠，全面性革命的條件就會成熟。」

阿亮則思慮清楚，接著K的話說：「對，是空間，要讓蘇維埃總部在西方有喘息的空間。然而要讓歐洲有空間，亞洲可能就是關鍵。德意志與我們日本政府簽訂協定後，等於兩面都是蘇維埃的威脅。一個不好，可能同時要跟德意志與日本作戰。我猜想，現在蘇維埃高層那邊，有可能還在爭論策略吧？」

「沒錯。」K回答。

「所以，在我們這端，必須要幫助蘇維埃決策者意識到遠東的重要性，而願意與德意志先妥協。最好的方法，是讓遠東先發生衝突，就會促使史達林領導與希特勒先簽下互不侵犯條約。蘇維埃專心在遠東，希特勒也會先選擇往西線推進。」

K說：「最理想的話，兩國把波蘭瓜分。這樣西方就必然一戰，歐洲的戰爭一久，我們遠東這裡就有許多時間可以動員。」

金終於忍不住插嘴：「所以，那要怎樣讓我們史達林領導意識到遠東的危機？」

眾人沉默，思想慢慢聚焦。

K問：「不如問，在哪邊發生？你們說看看，在這個槓桿下，最好施力的支點會在何處？哪邊最容易讓關東軍與蘇維埃發生戰爭？」

「滿洲。」

朱、金兩人幾乎同時說出口，想知道K的反應時，卻只是他與阿亮之間的互視，無從介入。

實際上，阿亮本身亦陷入一種無人可介入的不動狀態，完全專注在內心世界裡。K則滿意地看著阿亮的奇異模樣。

「這是一場關於戰爭的戰爭，對著戰爭本身宣戰的戰爭。」K如此總結。

踏出飯店時，阿亮才突然驚醒於方才的情景，險些站立不住。因為將他從密會的不真實感拉出來的，是他看見一連串的幻覺。他看見，他們意圖引發的，這場關於戰爭的戰爭，所引發的效應，會將全世界都捲入戰火。

他顫抖著看著一切的結局，已經太晚了。不是他要不要去做的問題，早在可能性被揭出之時，就已經無可挽回，無論如何，一定有人會接續這個意志，執行這個野心。

最後的影像，他看見，此刻他所待的帝國飯店將被不斷從天而降的砲彈擊中，熊熊地燃燒著。

只有兩個選擇：回到故鄉，或是到更遠處。

只是，既然如此，他又有何選擇呢？

棄兒（平成32年，希望號列車）

他決定再度回到神戶。在不斷快速後退的窗景前，他的思緒朝向遠方，緩慢地移動。他打開電腦，不疾不徐地打字。他的思緒轉動，猶如隔著玻璃的外界，明明極其快速地前進著，卻因為將視角拉向了遠處，彷彿靜止一般。

他相信人是可以看見未來的，只要你能加速思考，又能同時將思緒的目標凝聚在遠方時。

凝視遠方，同時，讓近景成為光的流動線條，讓自己的臉，半透明地浮現在車窗的另外一端，疊合起遠景。他練習，看著玻璃鏡像中，自己的雙眼，並穿透這雙眼看見更遠的地平線。

他想，要追尋那個幻影之人的蹤跡，要考驗的，其實未必是考古的能力，至少不是一般史料推理能力。他的「sensation」告訴他，若要捕捉那個男人所隱身、藏匿的故事，需要的是能預感未來的能力。

那個男人的神祕，資料闕如，甚至連正式的死亡原因與時間、地點都無從得知，絕對不是偶然。他到了東京之後的放浪、無賴，那些敗壞的聲名，令同鄉唯恐避之不及的個性，是有意追求的。那個男人必然擅長於抹去痕跡，湮滅證據，祕密行動。以至於日本警察盤查了與他有過接觸的台灣同鄉，仍然查不出任何線索。而所有被牽連、被警方審問的人，也無一人知曉他究竟犯了什麼罪。

他必須看見那個男人看見的風景，在那個男人不被看見之處，且看見那個男人所看見的，他人看不見的風景。

為此，他犧牲了許多，不僅讓自己活在夢中，亦是活在別人的夢中。

在離開東京前。他在帝國飯店前方逗留，那當然原址上已經是不同的建築了。走在人類文明的地表上，擁有一雙考古的精神性眼睛，視野所及皆是廢墟。廢墟令人留戀，完整的光鮮亮麗只是開始，壞毀才是文明的完成，他只想追隨文明的拾荒者的蹤跡。想像起來一點也不難。在那個時空，那個男人站在萊特所設計的第二代帝國飯店，應當會想起大正八年那場將建築付之一炬的大火。那個男人也應當會在想起大正八年這把火時，看出徵兆，預料到這棟建築將在往後延燒到日本本土的戰爭中，被天降的戰火下燃燒。只是他想，若是有機會讓那個男人知道，帝國飯店在戰後整修，是由「連合国軍最高司令官　司令部」，所謂的「ＧＨＱ」接收時，會有怎樣的反應呢？

他沒來由地想到麥克阿瑟戴著墨鏡的面孔，想起過往在台灣國民教育裡被灌輸的形象，忍不住笑了。自笑顏中回神，他收攏了嘴角，心想，那個男人若是知道了，或許也是這般地笑吧，如孩童一般。

孩童。這是他接下來的追尋，所需要凝聚的意象。更精確來說，是棄兒的意象。

過去人們最在意的，是那個男人蹤跡的最後消失之處。若只是注意這裡，會掉入陷阱謎團裡。重點仍在於，那個男人眼睛所望之處是哪裡？他瞄準了什麼目標，被什麼想法給誘惑，又往哪裡冒險？那個男人所看見的未來，絕不會是陳腐的、壓迫的、不自由的。那個男人寧願了結自己，去換取新的開始。

那個男子只會被未知吸引，真正的未知。如同波特萊爾所寫的〈異鄉人〉：沒有父母與兄弟姊妹亦沒有朋友，沒有國家，也厭惡金錢與上帝。然而他愛美，不受任何拘束，不需要交換、強迫你的美。他愛的是雲朵，飄忽不定，不否定你任何想像投射，也不強迫你的雲朵。

那個男人是徹底拒絕疆界的。所以他必然會一直走向邊界，走到邊界以外。

異鄉人，走到人跡最罕見之處。於是也是第一個人，猶如新生的赤兒，被拋棄在這個世界中，如此脆弱，又充滿這麼多的可能性。

回神。他思緒從地平線外退回，低頭看筆記。目光落在他抄寫下的句子：「不知道北海道和台灣哪一邊比較遠？」然後下一句：「這樣的話，我不回台灣，也不去北海道了。」

即便這是那個男人消失前許多年寫的，他仍然覺得這有預示的效果。畢竟，他要找尋的，正是那個男子眼中的未來。他猜想，那個男人必然會如他過去所寫，站在那條邊界上，提出這樣的問題。同時，這「哪裡也不去」的結論，他認為已是相當明白的態度：既然在心中，到日本的最北，北方之北，或是回到自己的故鄉，南方之南，都一樣遙遠。兩邊都不去，意味著那個男人將永遠奔向最遠之處。

他在腦海裡想著台灣北海道像一把弓的兩端，以全部的意志，把自己化為那條繃得最緊的弦，亦是那最尖銳的箭，足以射穿現實。

一路追尋到現在，回到神戶這件事，在他心中成為理所當然的事。這不僅僅是那個男人最後的作品的舞台選在這個城市的緣故。

如果神戶是起點，那就必然是終點。或相反的，若神戶是那個男人的終點，無論是人生的或作品的，他當初的選擇，乃是將此視作起點。一個屬於未知的起點，就像當初踏上這塊土地，從富士丸號走下時，那陣神祕的眩暈的啟示。

從那裡再度出發，可以前去任何地方。

他反覆閱讀那個男人最後的作品，屢屢感受到那嶄新的味道。

「僅以這一篇獻給失怙的孩子，失兒的人父以至於薄倖的手足。」

在那篇神祕的小說，那個男人留下這樣的前言。從小作為養子的他，也許一直留有這樣的孤兒意識。台灣作為被割讓出來的殖民地，又何嘗不是某種棄兒呢？

「將被拋棄的狀態，化為一種全然嶄新的姿態。」

Vita Nova，他在筆記本上這樣寫著。

假想著那個男人在三十歲前夕，人生的中途，那個男人所見的夢境，經歷過怎樣的天堂和地獄。

失去的，終將尋回。迷途的，終將回歸。

停留在原地的，將前往更遠處。

孤兒將從噩夢醒來，擦乾眼淚，抬頭面向未來。

墮落（大正28年，東京日暮里）

谷子辭職時，所有的人都不免感傷。

這裡的人或多或少都受過她的恩惠。即使當初曾經怨恨她的人，在事過境遷後，往往能察覺到她的溫柔，不需任何儀式性地和解，心懷感激地受她的善意撫慰。在這一行待久了，一切可以交易的情況下，同時會明白什麼是無法換取的。很奇怪的，在這殘酷的時代裡的下流場所裡聚集的孤獨且傷痕累累的人們，因為有了谷子，成為某種形式的命運共同體。接納彼此猶如接納自己，就像谷子接納了所有人。

谷子從來不曾輕賤任何人，這是她最簡單卻又最難忘的溫柔。無論是否自信或受歡迎，輕賤是他們之間難以抹去的情緒。姊妹們在表面的交好或競爭間，怨毒地輕賤彼此，在面對客人以短暫的溫存換取金錢的背後，輕賤著這些寂寞的或虛榮的人，尤其輕賤著自己。她們並不嫌棄自己所出賣的身體或自尊，而是厭棄著某個原先預想的界線瓦解後，永無寧日的墮落感。說到底，她們最厭棄的，是這種輕賤的情緒，不斷下沉的感覺，怎樣都擺脫不了。她們遲早成為酒精甚至阿片的俘虜，上癮物只是形式，早在靈魂的深處，她們就對墮落上癮，享用著墮落的快樂。

谷子的平等以對，救贖了姊妹，也安慰了客人。她們沒說的是，在這種境地下，能不輕賤自己，需要多大的清醒。這份清醒，理應是地獄一般。換句話說，大多數人選擇是另一個地獄，所謂忘卻的地獄，那至少可以麻木一點。她們難以想像，谷子如何能選擇清醒地待在地獄裡面。

也難怪季子有次感慨著說：「懷抱著希望，那是多麼痛苦的事啊？」

曾有人問她為什麼。記得她是這麼回答的：「因為我想記得一切。」

儘管推卻了大部分的餞別禮，但在谷子與亞美以及季子漫長私語後，谷子猶豫下，鄭重地收下她們交給她的信封。

她離開時沒有回頭，在眾人目送下，緩緩地消失在門外的光亮中。

「該是這樣的。」所有人都這樣想著，再過不久，這間地下舞廳也將歇業，為了存活，他們必須鳥獸般散去。

「有緣的話，會再相見吧。」

「一定會的吧，等到安定時記得寄信啊。」

「飛黃騰達時可別忘了我們啊。」

「別忘了我啊。」

此起彼落的話語，對著谷子說，也對著未來預演。畢竟在這樣的時局，流離失所才是所有人共同的去處。有了這個覺悟，分離便不是那麼痛苦，至少你不是孤獨一人被流放。這也是谷子的身影默默教會大家的。

不過，卻有一個人，漂流到特別遠的地方，掉出世界之外。

這是谷子在離開東京前最後一件掛心的事。亞美和季子接受了谷子的委託，連同先前曾與朝子交好的姊妹一起探聽離去後的朝子消息。據聞，她搭上了不少高官與軍人，但很快地被拋在一旁。她們查訪了許多住所後，確定了朝子目前的落腳處。

循著地址，谷子終於找到朝子的住處。谷子在收下亞美與季子的信封時，大略從她們的表情猜測出朝子目前的情況。谷子見識過各種貧窮，但深入到日暮里的巷弄內，仍感到衝擊。那邊的街道甚至不似街道，而是殘破的建築、路邊的野狗或老鼠屍體、廢棄物品所堆疊出的空間。亞美查到的住址並不精確，谷子一下陷入迷陣中。她不但沒有慌張，反倒任意漂流，她知道這是唯一找得到朝子的方法。如果想依地址尋路，會驚動到寄居在此的脆弱靈魂的。谷子索性把紙條收起，閉眼，睜眼，讓自己重新感覺「在此處」。

剛剛這裡的貧窮、荒蕪、骯髒把她排除在外，現在，她讓自己被接納。身體自然地動起來，呼吸著獨有的氣息。即使在低賤之處，生命力仍然存在著。她與街道上的人們搭話，輕易地打聽到朝子的消息。在黃昏之際，她找到了朝子的住處。

她在門前窺看。說是門，更像是個垃圾堆撿來虛掩的薄木板。殘破的門板遮不了內部，可是外頭的光也進不了室內。窗子也是破裂的，以紙板糊成，雨水打爛又乾去。

谷子慶幸經歷過儀式般的來時路，否則以外人的姿態來到這，是對於朝子的生存姿態的一種僭越。她心底亦知曉這一帶的私娼過著怎樣的生活，有怎樣的境遇。窮苦、飢餓，滿身的病。在她心中，對他人的命運的擅自詮釋，輕易的同情，才是最為罪惡的。

不過，在屋前，谷子還是略有猶豫。猶豫的，不是有形的卑賤環境，而是藏在事物之間更深沉的味道。在穢氣、腐爛食物氣味、潮濕酸臭味之下，有著難以忽略掉的死亡氣味。尤以朝子家門前特別濃厚。

谷子噙住淚水，輕叩門板，喚了一下名字。她當作兩人早有約定前來拜訪，坦然地走入。

朝子躺在草蓆上，難以起身。凹陷的臉頰，黑眼珠不符比例的突出。像是找回失去已久的親人，在那瞬間，兩個淪落女子成了精神上真正的姊妹。

「谷子姊，抱歉，讓妳跑來這種地方。」

「別這樣說。我們知道朝子會不告而別，是有難言之隱的。大家後來湊了錢，加上老闆也說，妳之前賺了很多錢並沒有如實給妳。總之當時妳從店裡帶走的錢，大家甘願一起承擔了。」

朝子神情哀傷，卻沒掉下淚來。谷子知道她是傷到底了，再也流不出淚了。

谷子從懷中掏出一小包紙袋，交付給朝子：「這是亞美跟季子要我交給妳的錢。她們對於過去對妳的不諒解過意不去。她們小小的心意，還期待朝子能收下。」

「不行啊。我沒有資格收下。」

朝子激動起身，上半身未完全坐起，卻又癱軟，被谷子扶著。

「朝子現在是多麼瘦啊！之前妳傲人的烏黑頭髮，怎麼現在如此稀疏、蒼白了？不管怎樣，朝子請明白她們的心意。這不是施捨或同情。不是的，朝子。這份心意是一份禮物，是希望朝子能夠幸福啊。」

「越是這樣說，我越不能接受啊，谷子姐。我已經陷入地獄當中，不應該給予我任何希望。跟我扯上關係是會不幸的。」

「沒有這種事。」

「但谷子姐，我是真的很開心再見到妳啊，這是將死之人的最後寬慰了。」

谷子無法說謊，只能堅定溫柔著握著朝子的手。

「告訴我，這不到一年的時間發生了什麼事？是跟朝子妳的愛人有關嗎？」

「是的，我透過一些管道與軍方聯繫，我取悅了某些軍官與官員，也花費了不少錢後，才終於有他的消息。他確實被派到滿洲去。可是，因為他對於支那人同情太多，他被指控偷偷放走了私藏食物的村民，而換得自己受軍法審判。」

「啊。」

「所以他無法寄信或有任何外界通信。更可怕的在後頭：那些被他放走後，又抓回來的支那人當中，有好幾個是潛伏的共產黨員。他們懷疑這些支那人是要將日本軍的軍事部署透露給蘇維埃。這件事不論真假，他已經受到牽連而無法脫身，監禁、拷打。他身體本來就虛弱，在那邊又寒冷……」

谷子看著朝子的瞳孔漸漸放大，像在水中擴散的墨汁暈開。在日落之際，她感到打從靈魂顫抖的寒。原來已經昏暗的屋內，像條逐漸沉下的船，陷入了黑暗。

她已經預料了結局。

「真相已經不重要了。他來不及有任何的遺言，被監禁不到一週，便孤零零地死在那裡，背負著冤屈。我花費了許多的心力打探他的消息，偷了公司的錢，當官員的小妾，還懷上了孩子。這一切的犧牲，最後得到的，是他的死訊。不是戰死，沒有榮耀，這麼卑微地，因為一時的心軟或懦弱，導致自己的死亡。他的屍體下落我怎樣也查不到，我唯一能做的，只是花上更多的錢，不要讓這罪名加在他的身上。」

「他的家人呢？」

「他們最初感謝我的奔走，甚至快要將我視作媳婦了。不過，後來，他們似乎把這些厄運，怪罪到我頭上，他們詛咒我、唾棄我，拿了我的錢之後，就把我踢出家門。」

夜晚完全到來。谷子知道是時候該走了。這樣的相處，只要稍微久待，會成為朝子另一份屈辱。

「朝子，多多保重，這筆錢金額不大，至少能夠請個大夫。」

突然，朝子回神，眼神閃過一道光芒。

「谷子姊，這筆錢我不能收。」

「朝子。」

「谷子姊，請聽我說。我活不久了。這筆錢，我想用在其他地方。」

朝子眼神充滿了哀戚，谷子看見過去與她相同哀傷。

「我有個一生的請求。」

找到孩子的父親（大正28年，神戶元町通）

谷子與阿亮在神戶的暫別重逢沒有預想中的甜蜜，反倒吵起架來。阿亮難得地發起脾氣，對谷子說了許多任性的話。更令人意外的，是一向忍讓付出的谷子，這回對阿亮卻完全不退讓。

「為什麼要收養這個非親非故的女嬰呢？谷子，我們怎能夠負擔得起？」

「她不是非親非故的嬰兒。是朝子將她託付給我的。那是我與她之間的承諾，她是抱著這樣的心情，在臨終的時候，將她最掛念的女兒交給我。」

「那父親呢？」

「我不想說，這是我答應過朝子不能說的。何況以這女嬰的父親身分而言，也不會承認的這孩子的。如果他知道有這個女兒在，說不定會寧願她死掉。」

阿亮沉吟一陣，困惑地看著女嬰。儘管他仍然不願意撫養，但他在她謎樣的身世中感到某種吸引力。女嬰雖然看起來有點營養不良的病氣感，但五官清秀，更有雙特別的眼睛，可以看穿他的靈魂。

見阿亮沉默不語，谷子進一步說：「初期的話，她的母親有留下一筆錢給我。」

「錢是另一個問題，只是我們目前的情況，出了什麼事，有這樣一個負擔，會給我們造成困擾的。何況，剛剛那句話的意思，是她的身世，也可能給我們之後帶來麻煩吧？不能送去孤兒院嗎？我們找個比較放心的，還可以時常去探望。」

「阿亮。你什麼時候變成這樣的人呢？」

「什麼意思？」

「過去的阿亮不會這樣說的，即使無法撫養，也不是因為這樣的理由。你不是一個害怕自己會深陷危險，而捨去人與人之間情感的人。」

「因為我現在不能光想到自己，我考量過現況，不能憑著一時的衝動去接納這個女孩。」阿亮稍微提高了音量。

谷子沒有被阿亮的氣勢嚇到，她盯著阿亮看。彷彿在說：「這就是我的決定。」

女嬰被聲音嚇醒啼哭。阿亮沒有接觸新生兒的經驗，對於這麼瘦小的生命，能發出這麼大的聲音，他感到困惑與好奇。

哭聲不僅打斷了爭吵，也改變了這兩人的狀態。谷子變成另外一個人，眼神裡出現他未曾見證過的慈愛。她抱起女嬰，低著頭，縮起胸，讓她靠在胸前的空間裡，緩緩搖擺。他覺得谷子變成了一條船，可以在所有的風浪中，緩緩搖擺前行的小舟。如果他也能寄宿在其上，靈魂的破損會少很多吧？

一幕戲在他面前上演，名為母愛的戲目。在此。阿亮成為了觀眾。

觀眾。他意識到自己成了局外人，在愛的關係當中，他已經被排除在愛與被愛之外。這一切與他沒有關係。在這世間，從來不允諾他一個位置。

「女兒找到了母親。」他心中響起了這個句子。

這份母愛才是真的，他想。過往谷子給過他的溫柔，也許只是種替代。他終究是個台灣人，他們之間也不曾想過要生個孩子。

如今，谷子找到了她的孩子。這下，他只是一個旁觀者了。

這樣的距離感，如同昭示著他與世界的距離。一直以來，他往邊緣走去，不過是想找到一個共同體，一個能消解他孤獨的地方。他想以一種能夠忘我的沉醉，像在母親懷抱中的酩酊，去解消在世間漂流、在異鄉打滾的眩暈。

在他腳步幾乎站不穩，視線也模糊不清時，他的袖口突然被拉住。

「阿亮，我問你，願不願意當支那子的父親？」

「什麼？支那……子？」

谷子將女嬰的臉湊向他，這時的女嬰已在安撫下睡著，露出一副滿足的臉。

「支那子。她母親留給她的名字，也許跟她生父有關，不過這不重要了。重要的是，你願不願意跟我一起收養她？」

兩人一起跪坐回榻榻米上，肩並肩倚靠。

阿亮試著去思考與理解，發現自己腦袋裡什麼想法都沒有。但，一切的感受如此清晰。

谷子交代起支那子的身世。

在谷子的話語中，阿亮像讀起一本小說般閱讀支那子的身世，也對照起自己的命運。他感覺這是種回贈，過去一直念小說給谷子聽，現在換她說故事給他聽了。

阿亮知曉自己的命運。對他而言，知曉命運，與承擔命運是同義的。

這一天後，阿亮不再是棄子，因為他成為支那子的父親了。

找到世間的兄弟（大正28年，神戶三宮）

坐在三宮車站附近的喫茶店，聽著不遠處的火車進站聲，阿亮點菸等著某人。

阿亮來神戶是為了離開日本，卻不知道何時能離開，等成了一種懸置的狀態。

很可能，這個起點永遠不會發生，這意味著這裡將成為他的終點了。

發生戰爭之後，神戶據說已經沒有過往的榮景，但在他眼裡，這裡依舊是國際性的。一切新鮮的、色彩豐富的、現代的，在此流動著。這裡的事物不需要有固定的位置，保有原有的新鮮，又能與彼此交流。他渴望永恆地朝生暮死，這樣世界永遠是新的，世間也將不再有殘酷感。彷彿一直下去，人類的經驗就可以無止盡地拓寬下去。他打從心底羨慕這種國際性，從根底上他期望世間沒有國界。

他羨慕地看著，但同時悲哀地預感著這表面的榮景，其實正走向毀滅。他的預感能力越來越強，不啻是種折磨。不控制想像的話，眼前亮麗的神戶街道，在他幻象叢生的眼底同樣會陷入一片火海，而身邊這些金髮碧眼的異邦人，將成為日本的占領者。

阿亮從哀戚的幻象中強迫自己醒來，忍不住想起了支那子與谷子，儘管現在，她們可能成為他前行最大的負擔。意想不到的是，他在命運之前感到輕鬆。在這進退不得、無法啟程、無法離開也無法定錨的懸置狀態裡，他精神層面上飽含著力量。他將這力量稱之為悲劇性的。他享用著這份神賜予的溫柔，並一步一步走向地獄。地獄一定是溫柔的，天堂則是冷冰堅硬的，他願對心中的魔鬼虔誠。

自從成了支那子的父親後，他有個奇妙的感受。他並不覺得是支那子找到了父親，而是他終於找到了失散已久的女兒，一種奇妙的失而復得的喜悅。他長久以來的孤兒意識因為這女嬰被解救了。

儘管還年輕，且正在尋求英雄式的命運。或是相反的，他有時不免因為這份溫柔而軟弱，想要就此平凡老去。但他作為一位小說家，他預感著自己的故事即將完結。

一個有活力的呼喚聲從背後傳來。

他不動聲色，微舉起手示意指向面前的座位。一位少年出現在他的面前，自然地坐下。

阿亮擺起面孔，對少年說：「先記得一件事：不要叫我本名。往後，就叫我『亮』就好。我只會叫你『寬』。」

少年迅速領會，閃耀著青春光芒的眼神，突然變成深邃神祕，帶著專業密謀者才能彼此判讀的訊息。對坐的他們不直接看著彼此，一面留意四周環境，一面打探對方。

阿寬是阿亮花費了不少心思，躲避了許多耳目才搭上線的。阿亮之前有些懷疑這位年僅十七歲的少年是否能夠扮演起整個計畫的關鍵角色，才一見面，他便看出寬的本質了。阿亮確信，無論在任何的情況中，阿寬都會守著祕密，即便有人能窺看到另一個人的心思，也絕對無法看穿。

因為如此，方才阿寬的少年淘氣也顯得可愛了。阿亮猜想，少年也許關注著文壇，知道他的名字，甚至讀過他的作品，才會在第一聲的叫喚中，顯現出不合時宜的熱情。阿亮覺得有點好笑，

同時有種哀戚感。

「如果不是因為這樣的原因相見，不是因為任務而有關係，能與這少年聊聊文學，那該有多好啊。」他忍不住想，同時，進一步地取笑自己：面對著眼睛充滿神采的少年，即將三十歲的自己，不再青春了。

阿亮之前調查過少年的身世，他是新竹商人之子，從小展現讀書方面的才

華，是家中寄與厚望的讀書人。不過，兩人搭上線，有個迂迴的關係。少年寬的三舅，是阿亮暗自欣賞的共產黨員「信」，目前還在入獄服刑中。不過更關鍵的，是日本警察也沒有掌握的信息：寬的二舅舅，信的二哥，「仁」，在滿洲當通譯。仁不僅是中日雙方的通譯，他在暗中發揮影響力，已經是經驗老到、遊走在滿洲各派勢力的協調者。

能夠聯繫起獄中的信，以及潛伏在滿洲各勢力的仁，關鍵就在少年寬的身上。

阿亮想，眼前這名無邪的少年竟然要扮演起如此重要的角色，一瞬間也有點猶豫了。然而這條路上誰能回頭？或又有誰能自稱無辜、無罪？他默默在策動的，不僅是K所說的「一場關於戰爭的戰爭，對著戰爭本身宣戰的戰爭」。

對阿亮來說，這一切為時已晚。預感愈加濃厚的他，眼前所見充滿了血紅，耳朵聽見的是轟炸的砲彈聲與人類的哀號聲，呼吸到的是令人窒息的硝煙味。戰爭意味著一切在劫難逃，即使是最凶狠的士兵，也終將發現自己被捲進另一場不屬於自己的戰爭，在與自己不相干的土地上殺人或被殺。呼喊和平是無用的，誤以為妥協能遏止戰爭的人更加邪惡。真正的反戰，不是反對戰爭，而是發動一場一場的「反—戰爭」，將戰爭本身擊敗，在現實當中，打穿非戰爭的領地。

到底，人類都是共謀的，背叛人類者、遭人類放逐者或許才有罕見的良知。阿亮的思想走進了死巷，若不是谷子與支那子，以及他念茲在茲的未完成小說，日夜在種種幻象間折磨，生活的意志難以堅持。

只是，眼前的少年淺淺的笑容令他困惑。他問起阿寬的年紀，阿寬說剛滿十七。

「十七歲！」阿亮心中暗叫著。

阿亮被奇妙的情感牽引，與阿寬談起正事。

他們扮演熟人，自然地閒聊。

在這一條路上面與各種人打交道，要先學會妝點言語。阿亮擅長此道，自認是偽裝的高手。長久以來他成功經營起玩世不恭、放浪的形象，言語上經常語出驚人，實際上每句話的分寸拿捏、說話的時機與語氣，都控制得宜。他讓自己的形象成為幻影，將影子攤在大街上，而真正的自我要躲藏在暗影中。也許總是上下顛倒，裡外翻轉，他靈魂才會如此大醉。

相對而言，阿寬則是超齡的沉穩，認真盯著說話者。不論是聆聽或是說話，皆真摯無比。阿寬對於思想、文學、知識有純粹的信仰與追求，過於明亮的眼睛像是未曾見過黑暗。阿亮有那麼一瞬間懷疑，阿寬是否忘了自己的角色，太不懂得這其中的險惡了呢？接著阿亮察覺，阿寬在發著光芒的眼神中，不時閃過一點陰鬱。在那陰鬱間，他認出自己年輕時也是如此模樣。

交談之間，阿亮產生了兄長般的情感。

撇開阿寬談吐的成熟卻不失少年的純潔，阿寬對於要緊的事完全不馬虎，也令阿亮眼睛一亮。阿亮思忖，也許信在過去，已經偷偷瞞過身邊的人，訓練過這充滿天賦的外甥了。讀到這份心思，他便能夠理解信的心思了。他想以同樣的心思，去照料這個少年。

他們一面對話，一面以優雅的姿態，以食指淺沾黑咖啡，眼睛看著前方，同時用沾溼的手指在桌上寫字與畫圖。

表面的言談是偽裝，沉默的書寫才是真正的訊息。

他們暢所欲言，卻在光天化日下，以指作筆，以桌作紙，以咖啡作墨，在轉瞬即逝的水痕間暗語。他們人在神戶，心靈卻在世界，他們從台灣到了滿洲、蒙古、上海，到了蘇維埃、德國、波蘭、法國、英國，甚至到了北非，然後到了美國，到了南洋，又回到了台灣、日本。他們越跑越遠，直到了時間之外。

不過，即便有任務在身，作為掩飾的愉快閒談，是他們能夠順利換取訊息的關鍵。就像他需要成功營造出放蕩狂妄的形象，才能夠順利躲避監視與告密。

「寬，你有情人嗎？」

「沒有。」

「沒有心儀的對象？同學？鄰居的姊姊？女教員？女校的學生？」

「要說的話，真有一個。是房東的女兒。」

「這樣說來的話是日本人吧。年紀跟你相當嗎？」

「是的，大我一歲。」

「漂亮嗎？」

「漂亮，不說話時有點憂愁。皮膚很白，但說起話來會泛起紅暈。我特別喜歡她烏黑的、散發光澤的髮色。」

「喜歡她的髮鬢嗎？」

「喜歡。還有耳垂，羞紅的時候，像個小小的太陽，掛在臉頰旁。」

「眼睛呢？」

「像湖水。」

「鼻子呢？」

「像山巒。」

阿亮真心地笑了。

「你們單獨說過話嗎？」

「不可能。我見到她只有在房東在的時候，她總站在她父親的身後。」

「你表達過愛意嗎？」

「有。」

「怎樣表達？」

「寫信。」

阿亮停下了手上的動作，意味深長地看著阿寬。他們的暗語交流告一段落。阿亮抽出一根菸，阿寬則俐落地幫忙點火，而自己不抽。簡單的動作間，阿亮已經把一個文件袋遞給阿寬。經過一輪談話，他確信這個少年可以交辦任務。某方面來說，透過阿寬，阿亮也捕捉到信仔的心思。比起成功或勝利，此刻的他們，歷經過種種挫敗還能前行，毋寧說是為了傳承。繼續失敗下去也好，一敗塗地也罷，有些東西總會傳承下去。

而他交出去了。

阿亮整理情緒，鬆開了警戒，快活地跟阿寬說：

「若是寫情書，我的經驗很豐富，下次要寫之前可以找我聊聊？」

「這樣，會告白成功嗎？」

「不，每一次都失敗了。」

他們相視而笑，接著一起以手帕拭去桌上的水痕。

繼成為支那子的父親後，阿亮亦在這世間，找到了祕密的、精神上的兄弟。

預感（平成32年，神戶トアーロード）

他從三宮神社走出，踏上了「トアーロード」，所謂「Tor Road」。他準備從這條路由南走到北，直到北端的東亞飯店，トアーロード。

他在神社前的紀念碑駐足，小心翼翼地觸摸石碑，感受那堅硬與冰涼，卻因晨露留下的冰涼，而產生柔軟的錯覺。歷史是液態的，他想，只要你的靈魂能打從心底的酩酊，你可以在歷史時間裡游泳，現實則像水面上的空氣，浮上來換口氣，便可以沉下去更久。比起將過去當作地層挖掘，他寧願把過去看作更流動一些。沒有歷史感的人，對他而言，像是乾枯的存在，風化粉碎在當代的空氣裡。

石碑上寫著「神戶事件發生地」。慶應四年，備前藩兵因法國的海軍士兵闖入砲隊行列，加上語言不通而產生衝突。這個文化衝突成為明治政府處理外交危機，學習如何以國際公法應對外國人的第一步。

於是啟程，沿著 Tor Road，漫步在過往，外國人的雜居地。

走在洋風的街道與建築間，他感受內心的外國性。他猜想，那個男人到了日本以後，失去了學籍仍堅持滯留，鮮少與台灣友人來往而跟年長許多的日本女子同居，以及投入所有心力想要擠進日本文壇。這一切不是為了擺脫台灣人的身分，也不是為了成為日本人。那個男人最終的渴望，是否定兩者，否定更多，直到否定了國籍與身分。滯留，是為了更徹底的成為外國人，沉浸在異鄉人的情境裡。在外表的偽裝到了極致之處，一掀開，裡頭是本質性的存在。這種不可化約的差異，這個無可比較的，甚至無可命名的怪物，才是台灣擺脫殖民宿命，成為自己的契機。

地勢漸高。儘管有些店名或歐式的建築外觀顯得假，然而自從追逐起那個男人的身影後，他的眼光也大幅改變了。他能夠欣賞這些並不是真的如歐洲真正所見的歐式建築，某種模仿式的西洋風格，他不再將這些街景當作次級的擬仿物。呼吸著此地氣息，他翻新所見。這裡真正的美並不在於西洋風格的存在，而在於混雜。西洋與東洋的混雜，傳統與現代的混雜。

他今天早上才讀到一則關於愛的句子：「與一個陌生人親密地生活，不是為了把他拉得更近，也不是為了認識他，而毋寧為了使他保持遙遠、陌生：不顯露——如此地不顯露，以至於他的名字就包含他的全部。」

或同樣一本書：「維持一種隱藏，才會有揭露，維持一種遺忘，才會有記憶。」

追逐那個男人的身影，起初是為了書寫他。途中他幾近放棄，任由自己迷失在追逐裡。在無能書寫之境，言語回歸原音之時，他隱約地聽見不可能的他者的說話聲。無法理解的音節與聲調，甚至只是一聲叫喊。

他覺得自己可以開始寫了。或是說，sensation 在書寫。或是說，sensation 早已在書寫。

走上小山丘，到了 Tor Hotel，東亞飯店的舊址。當然，那棟在小說中出現過的建築已經不在了。他回想那個男人在小說的序言，最讓他想追問的，是那個男人的提問本身。當他寫著自己在朝霧中聽著汽笛聲，凝視著檣桅的幻影時，所見的幻影，究竟為何？他又是如何解讀，並如何決定的？這個男人所望的遠景在何處？心煩意亂的昨日又為了何事？

眺望遠方，他猜想，這個問題不是存疑，更非兩著皆可，至少有件事無庸置疑：此刻，是決斷的時刻。在夜霧與朝霧，在黑夜與白天，在明日的汽笛聲與昨日的幻影，在這破曉之際，決定方向。一再任由靈魂的酩酊引導，在這絕對的迷失當中，他想像，那個男人終於成功漂離到時間的外頭，掌握了一瞬的此刻。換句話說：那個男人最後真正理解了時間。

幻影之人告別幻影如同告別自己，朝向更不可知的未來召喚。

為了小說序文所寫的「進入人類歷史的斷層」，他成了歷史之外的鬼魂。

無論史料如何挖掘，那個男人始終存在於歷史之外，一切的線索都要指向歷史的外邊。

不去思考外邊是不行的。原因很簡單：外邊無法思考。

站在這裡，猶如站在不可思考的點。那個男人虛構了不存在的大正十六年，讓故事在那裡發生，並結束在未來模糊的影像裡，小說最後的那條船，朝著滿洲開去。為何那個男人要構想一個自己抵達日本的十年前的故事呢？為何要虛構一個過去，並從那個過去看往未來呢？或是這樣問：那個男人，在虛構了的過去所朝往的未來景象中，看見自己怎樣的身影？在那一點上，那個男人也將自己虛構了。

虛構一個過去，並告別。

這是對當前之我的召喚：不該停留此處。

再召喚：不該停留在現實中。

他複習一下歷史。那個男人，將小說的時間座標設置在他所處的時空的十年前，而十年之後，這間神戶的東亞飯店遭逢大火焚毀。

在焚毀前，有五年左右的時間，與東京的帝國飯店一樣，由GHQ接管。

這一切，那個男人是不會知道的。畢竟，在他發表完這本小說後不久，就從這世上消失了身影，死法莫衷一是。也許他沒有死，即便如此，那個男人留下的痕跡，甚至比死亡還早。

他閉上眼，想像那團焚毀東亞飯店的火，也許那個男人，也曾預見過。

他聽見遠方的鐘聲，遙遠如幻聽，這是最後一章了。

既是幻影，完美的終章，理應潦草書寫。

學語（大正28年，神戶元町通—三宮）

搬到神戶之後，谷子顯得快樂許多，儘管她知道，這如同新人生一般的生活，是一種臨刑者式的短暫安寧。但她已然決定，既是短暫的，就應全然享受著。

不過一兩個月的時光，她的肉體上就產生了奇蹟：年近五十歲的她，外表看起來更加年輕了。在與阿亮相擁時，源自體內的熱情壓抑不住，燙著了阿亮冷得發抖的靈魂。

他的心早已飄到了北方之北，踏上滿洲，越過蒙古，進入了西伯利亞。對於這樣一個精神上的自我流放者來說，若是沒有谷子與支那子的存在，恐怕他在出發前就會凍死了。大抵上，在這個時代作為一個良心的清醒者，是受盡折磨的，阿亮在心內吶喊。況且，他快要連一個字也寫不出來了。看著戰爭的發展，日軍的殘暴時有所聞，而他接下來，以大義之名的作為，或許會造成更多的生靈塗炭，更多戰死的青年吧。

他曾抱著自我淩遲的心態，寫下了一篇歌頌青年上戰場的詩歌。即便書寫之時，他暗藏隱語，將鼓吹為軍隊、國家光榮奉獻的表達，內心翻轉成鼓吹青年們革命，建立起新的國度，成為新的「國（くに）－民（たみ）」。唯有將國與民斷開，才能建造一個屬於人民的國度。

革命即戰爭。「戰若不勝，莫要生還！」他寫下此句時，心底哀傷著。無論他選擇如何，這場仗，他是必敗的。他對生還一事，不論戰場在哪，皆不懷抱一絲希望。

如今，在這隨時可能前去大連而不再復返的情境，看著谷子與支那子幸福的樣子，感到捨不得。這考驗起他的信念：如果選擇領受了個人的幸福，他便無法思考人類的幸福。他簇擁著個人微小的幸福，甚至有一點私人的財產，這不是他過去認為是虛幻的、卑鄙的沉溺？他離鄉背井，斷絕與台灣同鄉的聯繫，拖著谷子過著貧窮且居無定所的浪蕩生活，不正是基於這種信念？他一直以為，這種犧牲一切投入在文學與革命的生活，是回應命運的召喚。他回應著文學與革命的召喚，不容質疑，有所猶疑。他願意捨棄一切，不問理由，也不求回報。

文學即革命，既暴虐又捉摸不定。他懷著宗教般的情懷如此信仰，多年以來，像始終不在此處般的活著，相信真正的生活是缺席的。沒想到，竟有一種生活，令他眷戀起來。

他曾經懼怕幸福，怕幸福會使得他懦弱。現在卻捨不得了。

支那子愛笑，抱著她的時候，喜歡伸出小小的手，探索著大人的臉。捏捏鼻子，揉揉耳朵，搓搓嘴唇。不管給她哪個表情，她都會愣住，專注地看，像是發現未曾見過的事物般好奇，然後燦出笑容。

「支那子啊，我不是妳的父親啊。」

女嬰格格笑。

「支那子啊，谷子也不是妳的母親啊。」

小孩子什麼都不懂。阿亮一邊這樣想，看著支那子的眼睛，又有相反的想法。在最純粹的無知狀態，可以接納全部的事物，是知曉世間的最好狀態。

「如果有天她長大了，叫我一聲『爸爸』，我還是會回應的吧。」然而他心想自己無法看著支那子長大，又不禁難過。終究，這個孩子還是別太親暱好，否則這回她會真的感到被拋棄吧！

「支那子啊支那子，妳的名字有支那，可是親生母親是日本人呢。谷子也是日本人。懂嗎？我是台灣人，被支那放棄了，所以我跟支那子一樣也是棄子喔。對了，谷子似乎也不知道支那子的父親是誰，會不會真的是支那人呢？現在，我們的皇軍，正在對支那發動戰爭……」

阿亮自顧自地講著，這幾年間，他未曾對任一個人說這麼多話，連谷子也沒有。支那子身上有某種不可思議的透明性，讓阿亮把話語翻譯出來。這些話語有時像是出自別人之口，說出之後，令他訝異。

他甚至會不自覺地說著許久未說的台灣話，越講越自然。他感覺自己來到日本這麼多年，在異地生活的倒數時光裡，終於因此跟他一直逃離的過去，與一直意圖抹消的自己和解了。

支那子讓阿亮成為自己原本的樣子，還給了他童年。

谷子很快地在神戶咖啡廳找到女侍者的差事。阿亮不免訝異，未曾來過神戶的谷子竟然適應如此好。

谷子不僅變得年輕，連氣質都轉變了。多年的風塵打滾，不但沒有沾染在身上，她甚至比起年輕的女子更能抵抗各種來自客人的誘惑。這裡的人都沒有察覺到谷子過去的職業，谷子未曾試圖假裝成另一種樣子。才工作沒多久，老闆就為她提高了薪資。她的小費拿得也多，她多半也會跟其他女侍分享，或招待她們下班後吃點甜食。

這幾年神戶活動的外國人減少許多，但街上還是不難看到西洋面孔。當谷子第一次用英語與英國客人對話時，老闆、其他女侍甚至隔壁桌的客人都瞪大眼看。他們甚至心中揣測，說不定谷子的情人是位外國人呢。

谷子一向會用眼神讀心。她心裡不禁幽默地想：「我的情人雖然不是洋人，不過可是一名台灣人喔。說到底，英語也是他這幾年，從讀書開始，慢慢教會我的。」

不過，連阿亮也很驚奇，谷子竟然能夠用英語開口對話。換作是他，可能也不會這麼落落大方。說不定谷子比起自己，更能適應外國的生活吧。也許這也是阿亮內心動搖的原因：一個奇蹟因為他而在眼前發生，那他還是寧願等待遠方的，永遠無法親眼見證的未來國度嗎？

看著支那子的臉，他更難堅定了。

近來的他特別感傷，抑制不了過往的回憶紛紛湧上，也停止不了對三人的未來嚮往，可是他正在一條必須捨棄過去亦不能想望未來的船上，無法離開。對於內心的轉變，他不知如何對待。

又或者，當他想起先前委託交付祕密信件的少年阿寬，是否這樣的利用，會葬送一個少年的未來？儘管只見過一兩次面、謹慎短信交換，他仍默默擔憂，這些行動會牽連到阿寬。到底，若是孤身一人，或許能夠宣稱革命的意義。如今，與人產生了連帶感，這微小的情感令他困惑。並非不願意犧牲個人的幸福來換取集體的未來，而是這幾年下來，對於目的與手段，對於巨大的犧牲，漸漸地讓他感覺純淨的幻夢變得混濁。

幸福得如此實在，情感如此溫熱。

谷子早已察覺阿亮的心事。於是什麼也不做，這是她給予阿亮最大的溫柔。無盡的包容。

她滿懷著感激看著阿亮與支那子的互動，隱隱然，有個奇蹟發生在他們三人中間。雖然，在殘酷的世界面前，丁點的奇蹟也不能扭轉什麼。

不過她依然喜愛這樣微小的奇蹟，每當阿亮在日落之時，抱著支那子來到店裡。他會選在一個角落的位置，而她會遞上一杯咖啡。當她收拾結束，阿亮也會喝完咖啡，三人一同離開。

只是，今天直到天黑，都沒看到阿亮的身影，谷子心裡不由得驚慌。

遠方戰事（大正28年，神戶東亞飯店）

阿亮再度見到Ｋ，覺得他的面孔更不似人類。上回像是木偶，這回像是模仿著人類表情動作的猿猴。

幾年前他造訪神戶，迷戀混血的街道，帶著些許被殖民者的自慚，矛盾地看著更高一等的文明征服在各個角落。トアーロード，他自然也走過許多遍，想著將來要寫一篇與神戶相關的小說。每次走到盡頭，總會在東亞飯店門口停留。

每次駐留，他都會想像房間裡的擺設、光線、氣味，試著在腦海裡描繪房間的景象，由窗看出去的景。而今他進來了，如此容易，令他不安。

距離上次在東京帝國飯店見到K，不過短短幾個月的時間，他個人的生活，與世界的樣貌都劇烈變動。像是困在海上暴風雨的孤舟，身心被暴力的甩脫，理應感到天旋地轉，煩悶欲吐。但阿亮卻在這失重狀態之中，被幸福眷顧著。他心中隱隱地不安，對於生活與革命，任何一方，都在質問著自己。「到底什麼是人生？」這樣的問題，他陷入此生未曾有過的巨大懷疑。

過去他以為早已選擇了一方，放棄了一方，以獻身的姿態，願把自己的生命與時間下注於永恆。現在竟覺得他選擇的是虛妄的、不存在也不會到來的，而意外擁有的、過往欲捨棄的生活，竟然如此真實。他沉浸在當中，彷彿過去不曾真正生活過。但無論如何，心中的天平往哪邊傾，都是背叛。

幸福到彷彿是他不該得的。他抱著支那子敲門時，不禁如此想著。

懷中的支那子猶如人質，他必須審慎決定，才能讓這命運多舛的孩子幸福。

除卻這些內心的掙扎，當他打開房門，與K對上眼時，阿亮馬上清楚他此刻私人的幸福，並不是憑空而來。他是與眼前的魔鬼交易過的。K這回不在逆光下。大白天的旅館房間裡，陽光透過白色的蕾絲窗簾，照亮他的半身。K戴著墨鏡，只能從大致的姿態猜測眼神。不過這倒無妨，因為即使能夠近距離的四目相對，K的心思還是無法揣度的。有一種人最好不要揣度，大概就是像這種吧，阿亮心想。

阿亮感覺K正打量著他懷中的支那子。

阿亮離開東京，並潛伏在神戶，谷子轉行當咖啡廳女侍的微薄薪資，還多了一位支那子。他們的生活甚至比先前來得寬裕，其中的原因，是由於K的輾轉資助。換句話說，他花的錢，他的住所，都是為了執行任務，由K幫他安排的。雖說他亦冒著相當大的風險，若是失手被捕或被告發，他是沒有任何依靠的，不過在阿亮擁有這份幸福與牽掛，他像是等著被宣判死刑的囚犯一般，隨時準備好被指派新的任務。

說好是等待時機，可他早已默默妄想這一天永遠不會到來。他希望可以一直偽裝成一家三口的模樣，三個被世界拋棄之人，就這樣緊緊擁抱。為了谷子與支那子，他願意平凡的老去。

若是過去的他，可能會控訴，資本主義的毒害有多可怕，讓人變得軟弱與庸俗。現在這聲響在他心內的咆哮越來越小了。

「她的名字是什麼？」

K 打斷他的思緒。

「啊？」

「小嬰兒啊，她的名字是什麼？」

「支那子。」

「支那子？」

「對，這是她母親取的。她是個孤兒。」

「母親不要她了嗎？」

「過世了，父親也不知道是誰，她是我妻子的故人，受她請託收養的。」

「妻子？說謊對吧？算了，她的事情我們也調查過了，是一個好女人啊。

不過，帶著一個身分不明的小女孩，可不是那麼好辦。嘛！算了，現在的時局，孤兒也不是多麼奇怪的事。」

阿亮沉默。

K 繼續說：「倒是支那子這名字，很有趣吶。」

阿亮在簡單報告了這幾個月的觀察、聯絡的事宜後，等著 K 進一步的指示。他再清楚不過，自己的報告只是形式，是用來衡量其他事情的。他的一舉一動早就被掌握著。大抵上，他們對自己人的懷疑，甚至比對敵人還多。

K 打量著阿亮。阿亮既然看不見 K 藏在墨鏡後的眼，索性放鬆。

「朱回了中國，加入了東北抗日聯軍。他策動著游擊抵抗，削弱關東軍。也準備推動跟蘇維埃戰爭衝突後的和談。當然，這會是一個重要的契機，在戰事之中累積實力，解放並組織鄉村。伺機一起連同蘇維埃從東北開始解放全支那境內。金一開始還指望能在朝鮮活動，不過朝鮮的同志內鬥情形太嚴重，在朱的建議下，他也加入了東北抗日聯軍。金加入了第一路軍第二方面軍，該軍的指揮，是來自朝鮮的金正日同志。一面游擊作戰，一面與蘇維埃保持聯繫，目前看來，他是跟對了人。」

阿亮一語不發。

「嘛。放輕鬆點，講這些不是要質問你。畢竟真的有任務指派，恐怕你也不會在這邊進退兩難吧？說穿了，你也沒有真正入黨不是？畢竟不管台灣或是日本，要維持一個黨的形式，恐怕得處理許多組織問題，以及要躲避警察的眼線也挺麻煩的。革命有許多角色，不一定是前線流血、被拷打才是英雄。像我，我猜你心裡一定看不慣吧。的確，我是在另一邊的，要說的話，是個資產家啊。儘管那是我父祖輩的資產，我只是個與支那女人混血的二代罷了，不過再怎樣也是資產階級。現在打向東北抗聯同志的子彈，說不定還是用我的錢打造的呢。」

K咳嗽一陣，看起來難受，阿亮覺得他或許生病了。若是在街上看見，說不定還覺得他是剛從療養院出院的病人呢。

「回到正題吧。我想你也看到新聞了，在蒙古與滿洲國的邊境發生了國境衝突。根據《日滿守勢軍事協定案》與《蘇蒙友好合作互助條約》，如我們一年前所料，蘇維埃與日本立刻動員。先是空戰，再來蘇軍摩托化步兵營的坦克也上場了。這場仗看來蘇維埃會勝利，接著應該就會影響到歐洲的布局，這把火點燃了，現在正在蔓延。」

聽到這事，阿亮感到一陣胃痛，急欲乾嘔。

「我想說的是，這件事你辦得真好，沒想到你找到這麼重要的一條線。這件事，你是幕後的英雄啊。在我看來，真正的英雄應該是不留名的。這才是我們無產階級革命的基本精神吶。」

「不是這樣的，這是偶然。」

「不管怎樣，這個少年做事很俐落啊。不愧是優秀台灣黨員的外甥。他聯繫的方式相當自然，言語純真，他的信就算被檢查也不會露出破綻的。也多虧他聯繫到在滿洲國當通譯的舅舅，他認識的人可真不少。要不是他，事情可無法順利推動，可惜他似乎對加入共產黨沒有太多意願。不過，到頭來，還是找出這個少年的你功勞最大。」

「您過獎了，一切是歷史的必然促成的。」

阿亮對於K的瞭若指掌感到極度不安，K必然有意說給他聽，暗示著他的一舉一動，聯絡了誰又做了哪些事。

「那個少年，跟你有點像。」

說完這句話，K同時摘下了墨鏡，這是阿亮第一次認真地與他對望。至於K為何如此說，有怎樣的暗示，他暫且遺忘。他驚訝的發現，眼睛露出之後，K的臉看上去完全不像日本人，甚至也不是任何熟悉的人種樣貌。

「K果真是個混血。」阿亮心中冒出了這個念頭。

K的黑眼珠比他見過的任何的黑都來得黑，像是在眼窩處鑿出了深不見底的洞，吸進了所有的光線。阿亮甚至覺得整個房間給人調暗了幾分，彷彿他渴望的光亮不曾存在過。

他終於懂了，不管是K先前的背光身影，或是戴上墨鏡，不是為了逃避或遮蔽光線，而是阻絕自身向外蔓延的黑暗。

下一刻，他在K的眼睛中看見了自己。不是因為熟悉、相似，而是絕對的陌生。阿亮甚少照鏡子，也不愛拍照，他只讀別人的故事，書寫別人的人生。對他來說，台灣人的身分亦是如此。台灣，是「國家」概念本身的外國，是永恆在國之外的島嶼，一座浮萍般的島。

他的內心沒有熟悉，只有陌生。每回寫作時，於內心潛行，他亦像是在異境行走。他的內心有巨大的異邦。他知道自己注定是作家，但也知道若他這輩子終究無法成為理想的偉大作家、交出偉大的作品，不會是世間的造化的緣故。他終究無法寫下心中理想的傳世之作，完全是因為自己內心的異國實在太遼闊、太難懂了。

而今，他遇見了另一個同類，但也只能是異類。兩個陌生者的相遇，只能證實彼此的陌生。

「原來你也是一個外邦人啊。」阿亮想。

他知道自己該離開了。往後，跟這個人也可能不會相見吧。

在離開前，K問了最後一個問題：「朱、金他們都有了歸屬，亮，你呢？你打算去何方？」

阿亮知道這已經不是在問任務的事，誠心回答：

「我還不知道。」

兩人交換最後一次眼神，阿亮知道K是明白的，儘管他們彼此終究陌生。

作品的誕生（大正28年，神戶市海岸通）

阿亮從K那裡回到咖啡廳尋不著人。詢問了一下領班也不知。他猜想谷子應該不驚慌，畢竟她不是普通的女子。他不擔憂谷子的去處，此時懷中的支那子開始哭泣，想必是餓了。

阿亮不顧旁人的眼光，逗弄著嬰孩，一面拜託谷子的同事們準備支那子的食物。他自然的關愛感染了整個空間，女侍們連同客人們滿是溫柔地看著阿亮餵支那子，並好心地建議與幫忙。在戰爭開始後越來越匱乏的生活中，難得有這樣充盈情景，如同支那子露出的滿足微笑，閉著眼打嗝。

阿亮斯文道別，徐行走出咖啡廳。天是暗藍色的，月特別明，像是今晚的天色都會如此。

他任意而行，只是不往回家的路上。他們本來就是流離失所者，便毋須固守一地。阿亮沉思，若是他們終於失散，彼此會有默契的各自漂流，而非駐足等待。

懷中輕撫著支那子，嘴邊小聲溫柔耳語，阿亮滑出步伐。等待的姿態是行走的，等待不是在原地盼望，而是追尋。只有前進才能讓等待完成。拯救也是，渴望拯救者是向前邁進者，是勇敢的朝聖者，往沒有神聖之處走去，直到找到祂。

所以他不去猜想，不去詢問，放任地走，隨著腳步帶著自己，越走越輕盈。他要用自己行走的步伐來教導支那子，如果他們終將分離，記得繼續前進，以自己的腳步。因為他們三人終會分別。可是只要記住自由的感覺，即使有天他不在了，支那子還是可以與他共享相同的感覺，呼吸同樣的空氣。只有漂流之地，是阿亮跟谷子這類人的安身立命之處。

支那子必然也是。到此，他原先的擔憂，在離開東亞飯店達到了頂點，卻又在內心輕易地翻過一座高山，像是可以眺望到海的另一邊，世界的另一端。他相信支那子會幸福的。就像他自己一樣，像谷子一樣，其實無比幸福。

他心情一陣莫名的激動，忍不住咳嗽起來。

「阿亮。」

由於阿亮沒有焦灼的尋找，聽到谷子呼喚時，咳嗽自然平息，並感到平靜的欣喜。谷子臉上亦沒有焦急過的表情，像是他們約定好在此時此地碰面。

「谷子。抱歉晚了一點。」

阿亮知道谷子對於自己發生了哪些事，無論如何都不會過問的。實際上那已經不重要了。或說，他終於清楚，這其實沒有那麼重要。並沒有兩種人生，他並不是過著雙重生活。自始至終都只有一種生活，無論相信的是此處還是他方。

阿亮感激地看著谷子，在月光與常夜燈下，她的眼睛像是湖水般清澈。

「支那子會餓嗎？」

「我餵過了。」

「換我抱吧。」

「沒關係，谷子工作了一整天。支那子既然睡著了，就不吵醒她。」

「阿亮真的不一樣了。」

「是嗎？」

「今天特別不一樣。」

「意思是？」

「是好的意思。不過，可別只照顧支那子，我可是女人啊，到老了還是會嫉妒的。」

「谷子。」

「開玩笑的。不過，支那子吃過了，我可還餓著，阿亮也還沒吃吧。」

「我現在才想起來。要不要吃天婦羅？」

「好久沒吃了，好啊。走回南京町吧。」

「如果谷子不太餓的話，趁今日天氣好，陪我看一下港口好嗎？」

「可以啊。我一直喜歡有港口的城市，我們應該常常來看船的。」

今晚沒有大船入港，港灣平靜，停泊的船像是睡著了，遠方的船緩慢移動，像是移動的島嶼。

「谷子。」

「怎麼了？」

「我準備要寫一篇小說。」

「關於什麼的？」

「關於這個城市，這座港。」

「還有呢？」

「關於一個失落的時代，可以指涉任何時代的一個特殊的時期。」

阿亮頓了一下。

「關於流離失所的人，關於失去親人手足之人。」

阿亮兩手握著谷子的雙手，尤其特別包覆住谷子失去的小指，溫柔地。

兩人面對面，阿亮說：

「還有，這也是關於谷子與支那子的故事。我要用妳們的名字來寫這篇小說。」

溫暖的靈魂（一九四〇年，神戶須磨浦療病院）

「該曬日光囉。」

阿亮緩緩起身，關節格格作響。他坐在床緣，瞥了一眼窗簾縫隙透進的日光。說來諷刺，熱愛自由的他，竟然會被囚身於此。即使想逃，他的身體也走不了多遠。他只能任其安排，在看護士的指令下，躺在那裡，跟著一群病人相隔著曬太陽。

他的全身在日光下也無處可逃，曬日之外的時光，則是無窮盡的如黑夜的靜養時光。過亮的日，過暗的夜，他被剝奪了黃昏，自然也失去了破曉。他知道，屬於他的破曉時分，永遠不會真正到來了。

不過，今天還是值得珍惜，畢竟是他昏睡數日後，難得感到精神飽滿的神賜時刻。

躺在日光下曝曬，即使包著厚厚的毛毯，他還是覺得寒冷。

一轉眼已是秋天。他在春天第一株櫻花開時發病。那天谷子揹著支那子漫步在生田川，抬頭望著櫻花新開，突然一陣劇烈的咳嗽，直到腦袋發暈，手一捂，咳出淡淡粉色的血痰，如同櫻花般綻放。

阿亮住進了療養院。如此一來，K當初所提供的經費也所剩無幾了。實際上，K的下落也不明，除非K主動聯繫，否則便是斷了音訊。進入了這年的春天，他的世界反而全都安靜了下來，彷彿外頭的戰爭，他之前投注過的事業，皆不存在似的。

血色的春天，他想。三月，史達林下令卡廷大屠殺，數萬個波蘭知識分子被殺害；四月，德軍進軍挪威與丹麥，正式打破了維持數月的假戰；支那戰場方面，針對華北的共產黨八路軍的游擊作戰，多田駿司令提出了「三光政策」：殺光、燒光、搶光，直到共產黨的一切反抗與潛伏的可能都沒有。

也許事情如他們當初所料的發展了，那又如何呢？實際上他發揮了哪些作用，他一無所知，反倒隱隱作痛的愧疚感，在他每次咳嗽時，隨著胸腔一起陣痛。

消滅戰爭的戰爭發生了，但或許錯了，消滅的只是戰爭間的差異。無論是哪個陣營，都在參與同一場戰事。

他入院，這一切變得遙遠而不真實。

為了打發漫長的靜養時光，他請谷子弄來岩波文庫版的德國作家托馬斯．曼的《魔山》，以及堀辰雄的《風起》。書擺著，卻緩慢地閱讀，往往一整天下來都停留在相同的頁數。他整日看著窗外發呆，想著各種事，又彷彿什麼都沒想。這時讀什麼，對他而言已經不重要了。他甚至也沒力氣提筆寫作。或說，寫作的事他也無心去想。

不過，也甚少遺憾了。至少，他完成了最後一篇關於神戶的小說。即使不甚完美，也至少將心意藏在其中。他回想，也許在寫這篇小說前就患上這個病了。據說患者會異常的神經敏感，會多愁善感起來。但他當時異常的專注，沒有太在意身體的痛苦便完成。不過，不論如何，在這時代書寫，這篇小說會被遺忘的吧，就像他的名字頂多也是漫長文學史上的兩個字，如流星一般。退一步想，能將谷子與支那子的名字放進小說中，是某種三人的永恆團聚，無需他人認定。到此，他感到很安心，安心在遺忘中放鬆自己。

牽掛還是有的，即使他還是留下一點錢給谷子，加上支那子母親生前存下的錢，過不了多久經濟上還是會拮据的吧。幸好咖啡廳的老闆與同事諒解，而支那子也懂事。谷子一面工作，女侍們也輪流照顧，據說生意因此變好，還紛紛相信是支那子帶來幸運。

他入院前將所有的藏書，還有一些不願意刊登的手稿，交給了少年寬。寬則建議谷子可以藉著神戶的方便做點小買賣。寬提點了進貨、批貨的零售方法，谷子試著在咖啡廳的客人往來間隨意兜售，竟然有不錯的起頭。她甚至還進一步聯繫了亞美與季子，在一些黑市邊緣地帶販賣，這對她們這族類來說，是再習慣不過的灰色地帶。谷子笑著說阿寬商學院也不需要讀了，直接經商一下就發財。阿亮則猜測這些門道應該也是寬還在獄中的共產黨舅舅教他的，為了保命或為了掩飾訊息的傳遞與聯絡的小方法。總之，一開始他還會擔憂，後來再度證實谷子的勇敢依然，往後即使要在黑市進出求生存，也一定能夠適應的。

阿亮不無寬慰地想：谷子應該也清楚他的狀況，早有心理準備了吧。

近黃昏時，看護士通知他有會客。

阿亮不記得上回會客是何時。院方的規則與診斷他是不懂的，生病之後腦袋混亂，成日做著夢，未來的夢洗去了回憶。像是彌補他自認剩下不多的生命，讓未來的影像大量進入腦袋裡。不屬於他的、未來的、他不在場的記憶湧入他彷彿破了孔的心靈。最後，他在自己的記憶裡迷失了。

心靈像是狂風暴雨後的平靜時刻，縱使大地千瘡百孔，在奢侈的日光照拂，像是一切尚待修復。不過，實際上，外頭的戰事越來越嚴重。縱使國內的報紙都是關於皇軍各處大捷的消息，他也知曉戰事早已陷入泥沼。儘管他過去做過的事也許曾經影響過什麼，也與他無關了。若說有懲罰，現在這副模樣就是了。

他猜想會來探望的人，有多少次被院方婉拒而不讓他知道，所以像今天的狀況，就算有些疲憊，無論如何也要起身。

不用誰說，他也知道是誰來了，於是也不過問，當作早已約定好的事帶來。他詢問是否能在庭園會客，院方看他精神良好，便應允了。只是提醒他入秋之後，日夜溫差大，黃昏的餘溫一散去，一入夜會特別的涼。此處近海，海風太強，對病情有害。阿亮聽完建議，打消了要求外出到海濱散步的念頭。

他稍微整理儀容，穿著保暖，慢慢走到中庭。

阿寬已經在松樹前等候，對阿亮鞠躬行禮。阿亮示意坐在緣側，兩人面對著庭園，相隔一小段距離，就著日落的紅光，給蒼白的臉孔添點顏色。

阿寬穿著詰襟，戴著有同志社大學校徽的帽子。放在一旁的書包鼓鼓的，看是塞滿了書。幾週不見，竟是成熟了些。穿著詰襟的阿寬，臉上有股英氣，富有野心的雙眼望向的前方風景，也許自己看不著了。

儘管他剛年過三十，卻感到生命也鄰近日落了。

阿亮矛盾地，繼羨慕少年的此刻，又擔憂他的未來。

「我偷帶了菸給你。」

「是嗎？你這樣的好學生，竟然引誘我違反醫生的囑咐。懷藏著菸卻沒辦法抽，可是加倍的折磨啊。」

「我知道先生一定有辦法的。畢竟每次來，舊的菸都抽光了嘛。」

阿亮苦澀地笑了，眼睛凝視前方，手迅速從衣襟抽出一揮，收回手時俐落地把菸塞進懷中。像變魔術一般，他瘦弱的身軀看起來依舊平板，不似能藏起任何東西。

「先生，支那子會說話了。」

「谷子有寫信來，據說現在學會的單語越來越多了。就算說不出來，也會指著東西，發出一堆聲音哩。」

「支那子說不定在創造自己的語言吶。」

「是這樣就好了。不過這樣也挺麻煩的，沒有人能聽懂啊。」

「這倒也是。但或許有些事物，只能用自己發明的語言去說，沒有人會懂。」

「這樣是行不通的啊。」

兩人沉默。同時，沉默，總是兩人談話到深處時，最好的交流。

他們是此刻，在整個世界中，唯一懂得彼此語言的人。

然而，能一直沉默交流就好了，阿亮想。可是他非得說話，畢竟時間不多了。

「寬，那個女孩呢？」

「嫁人了。」

「是嗎。如此也好，你有了完整的愛情。」

「刻骨銘心。」

「有寫信給她嗎？」

「寫了，可是沒寄出去。」

阿亮笑了。

「這樣好，寫過了就是了，不用寄出去，對方永遠不要收到是最好的。」

阿寬困惑，深思。阿亮覺得這樣的憂鬱姿態最美。

夕陽又再紅了一點，眼看晚霞時分近了。

是時候了嗎？阿亮想。他知道阿寬還尚未準備好。可是真正重要的時刻，總是無法準備的。必然措手不及，令人枉然的。

「先生，離天黑還有點時間。你今天可以嗎？」

一回神，阿寬手上已經準備好紙筆。上頭的字跡秀氣，句子正寫到一半。

「阿寬，聽我說，已經結束了。」

一向冷靜，不急著回應的阿寬難得稍微直率反駁：

「還沒啊，先生。你的故事還沒說完。」

「不，這是目前的我唯一能確定的，我的故事，已經全部告訴你了。你自己看，這裡，寫到我病發的那天，咳出血的那個畫面。後來的事，你都知道了。」

「可是，你只說了來日本這四年多的事。」

「這四年就是全部。」

「難道你的人生就只剩這四年嗎？」阿寬急切地問，而夕陽的下半部，已經在遠處被吞沒了。

阿亮回答：「是的，其他的，所有一切留過痕跡的都不算數。只有這些我細心抹去痕跡的，才值得被記憶。無法被記憶的，才能夠永恆傳承。將來整個文學史所記得的，是我的空缺，我的乾淨，我的神祕，我的浪漫，我的無法捉摸。這就是我留給世界上最重要的東西。我的故事已經說完了，到這裡為止。」

「可是，那這些故事該怎麼辦？我不知道怎麼處理，我記下了這些，卻寫不出來。」

阿亮露出微笑，兄長般的，又像父親般的。這一刻，他的靈魂刻度加入，更多的未來景象湧入，卻驚擾不了他了。他的靈魂，已顧自地成為一個老者。

他覺得自己雖然未必能多活幾日，但體會過這樣的情感，足矣。

「我想跟你說，不必寫。寬，在這個時代與接下來的時代，無論怎麼書寫，都是會被遺忘的。」

「但不寫的話，才會真正遺忘啊。」

「記得這個遺忘，嚴守這個祕密。我們要等待。只要你不寫，讓祕密永遠是祕密，它就會以另一種形式成為作品。」

阿寬沉思，阿亮看見他的瞳孔裡，映照著最後一抹夕日的紅，猶如火。

「屆時，在很久以後的將來，會有一個人，把故事說出來。」

他們不再說話。各自看著餘暉，隱隱約約猜想遠方將來的人影。

在看護士來告知會客時間結束前，阿寬已經悄悄走了。

淺紫色的庭院裡，阿亮的背影靜止如畫。

遠方，外面（二〇二〇年，基隆港）

他的思緒停留在這裡。

人們說這是虛假如夢般的一年，然而若不是虛構，他是無法走過這一趟的。

僅僅是走過這一遭，不管其他人相信與否，那都不重要了。

好幾年的時間，他都在尋找祖父遺失的手稿。他想確認，若祖父曾有個共產黨舅舅，會不會也曾參與過左翼？

某一年，他夢裡回去到那間書房，沒有任何奇蹟的感覺，自然記得童年與祖父唯一次獨處時，他所交代的訊息。

他追尋了祖父的烏心石書桌下落。那張書桌，竟然在三重的老屋賣掉後，因為深具紀念價值，或是木頭的沉重質感令人捨不得丟棄，回到了新竹。儘管古厝早已變賣，但這張書桌，除了裂痕外，竟完好如初地保留在遠親開的雜貨店裡，當作堆放雜物與收納的所在。

憑依記憶或依循夢境指示，他看到那張桌子，自然地找到那個貼得密實的木皮夾層裡，那本薄薄的筆記本。就算沒有署名，只憑字跡，他也確認那是誰留下來的。他激動的想，這個家族，即便被抹去了記憶，無能於言語，甚至不具有能力追溯身世。但總有一種習性，知道某些事情，即使不明瞭也知道很重要，不經意地守護下來。

這點，祖父寬也許早已預料到了。

此刻，他在基隆港聞著潮水味，想著與這裡有關的事。

會說憑字跡判斷，並不只是因為懷才不遇的祖父寬，如今只能由字跡知曉他對於文字與思想的熱情。而是這本奇蹟般尋獲的筆記本，雖然當中藏著日本在三〇年代的左翼活動訊息，裡頭所記載的，卻幾乎都是別人的事。這意味著，祖父留下的唯一留日時期的筆記，寫下的大部分是關於他人的記憶，除了字跡外，幾乎沒有一點個人的記憶痕跡。

在他花上更大的心力去追尋這些逝去的痕跡，創造出獨特的身體行走在已然消逝的過去後。他沒有發現真相，卻虛構出了故事。故事在他手中，相隔多年，在這虛構的年份，終於完成了。

是時候了。

他蹲在碼頭邊，無人經過的角落，以身體擋風，拿起打火機，在筆記本的一角點火。

直到火燒得燙手，他才放開，讓筆記的餘燼落在海水上，如一葉扁舟，將緩緩沉下，亦像是要飄向遠處。

馬場町刑場上變成雕像的女子

1.

「四阿姊，快起床啊，老爺在叫妳。」

她在夢醒之際，懷念已久的聲音突然造訪，令她無比眷戀。

她將全身縮成一團，假裝自己是小時候看到的穿山甲，在危急之時，能夠把自己捲起來抵禦外界。即使她早已知曉這姿態，最終是徒然的。畢竟，她記憶所見的穿山甲不是在山林裡，而總是在藥鋪子裡，成為富人的補品。大抵上，在她眼裡，人類之間的殺戮，有時僅僅基於無根據的相信，如此血腥的作為能夠治癒那無可救藥的疾病。

她這樣的姿態，則只是想多留存一點記憶餘溫，可以遲一些才回到現實。

「四阿姊，瞞不住了啊，老爺發現妳上街抗議，正氣得七竅生煙呢。妳快點起床去跟他解釋解釋，不然他要親自過來了。」

聽見這來自過去的聲音，她內心激動著，縮著身，緊閉著眼，想要維繫這個狀態。

「別醒啊。」她在心中小聲喊著。

年少時與父親嘔氣，她總是這樣反抗，像個緊閉的蚌殼，撬也撬不開。然而還沒等到回憶到來，她的身體就被硬生生地粗暴拉扯。拉扯她的不是暴怒的父親，而是兩個穿著軍服的男人，一左一右押著她，正想拉她起身。

她張開眼睛，醒得那麼突然。她隱約看見灰濛的單人囚房裡，剛剛縮著身體窩著的鐵床。她心想，哎呀，為什麼這個堅硬冰冷的床，剛剛在夢境裡，卻好像躺在年少時，鎮海大宅閨房裡那張黃花梨木架子床，感受著包裹在蠶絲被裡的溫柔軟膩呢？

才正納悶著，她就看見自己左邊的胸脯被惡狠狠地揉捏。她睨了一眼擒著她的左手，另一手趁機羞辱她身體的軍人，比她預想還來得年輕。他並沒有對上她的眼神，而是困惑著看著另一邊的同伴。她輕轉頭，同樣睨著右手邊的軍人，見他猶疑地伸出右手，正要抓向她右邊的胸脯。她刻意挺起胸膛，任兩個男子一手抓著手臂，一手用力揉捏在她裡面未穿胸衣的胸脯上。

她看也不看他們，昂首挺胸任他們輕賤。但不到十秒，兩個男人的兩隻手便垂喪著放棄，像男人在床上還未威風就先洩了一番，喪著氣又害怕被揭穿，只好垂著頭漲紅著臉。

他們惱羞成怒地，更用力抓著她的兩邊臂膀，拖著她起身，卻絲毫不動。她則依著自己的步伐，不疾不徐，緩緩站起身來。起身後，即使兩位男子漲紅著臉推拉著她，但她竟不似被推擠著走，也沒有抗拒前行，倒像個大家閨秀在小廝攙扶下出門。

她知曉這兩個男人洩氣了原因。他們也許在還未聽聞她的事蹟的狀況下來執行這趟任務。如果他們聽聞過，住在這間牢房的女子，楓，身體正一天一天的變硬變冷，硬得快連刀子都刺不進去，冷得令人從骨子裡打顫，大概不會做出如此魯莽的行為。

她的身體令靠近她的人充滿恐懼，彷彿一靠近便能聞見死氣。作為一位死囚，她不但不恐懼失去生命，還預先變成一具活著的屍體，挑釁著尚未到來的行刑時刻。這逼得上頭猶豫不決。畢竟，只要她多活一秒，便讓台北監獄的氣氛更加陰森，彷彿她的死氣會無限蔓延似的。

「大概是我身子更硬了，比鐵還硬，以至於這張床反倒感覺軟綿綿的。」

她眷戀著方才的軟膩，無懼於臨刑前夕的肅殺氣氛。自從二月以來，從她的內臟開始，由內到外，她每一刻都感受著身體的變化。外人以為是死亡，對她而言，是她的身體逐漸無生命化，逐漸變成一個巨大的金屬。如果繼續下去，哪天起床，可能看見她原地成為一個雕像，金子鑄的。

2.

走過長廊，兩側是一間間的牢房。

破曉的天光從牆面的鐵杆小窗穿透，打在地上成為一個個橙黃色的「目」字。這是牢房唯一的對外窗口。再往裡頭看，每間囚室裡的犯人，大都緊閉著雙眼，偶有被她行走時拖著的腳鐐驚醒的。他們睜開的眼目，也是一片空洞，比囚室的角落更黑。

「眼睛原來也是被囚禁的，還不如閉上眼自在呢。」她看見時想。囚禁啊囚禁，到底人生於世哪裡是自由的？如今她一步步帶著自己堅硬無比的身體邁向行刑的道路，心內倒是前所未有的輕鬆。她最怕的不是死，死有什麼呢？最怕是囚禁著，天地再寬，連個自由呼吸的方寸之地都沒有。

哪怕是鎮海那座她生長的憩園，憩園內竹籬假山，小橋流水，風景如畫。家內滿是名家書畫，藏書豐富，來往皆是風雅人士。對她而言，也只是充滿抑鬱的牢獄。

她上頭有三位姊姊，年紀輕輕便嫁了。每回她們歸寧，總是匆匆離去，她坐在一旁，聽姊姊們抱怨生活，抱怨婆家，而往往得到的答案僅是忍讓。忍讓啊，她總不懂這個詞的意思。是為了什麼而忍，又該忍到何時呢？《論語》她是自小讀過的，若「小不忍則亂大謀」為真，為了大謀，一時的忍讓自然不算什麼。然而姊姊們的忍讓，父親與親戚們逼迫她們的忍讓，以婦德之名的壓迫，說是顧全大局，但那又是什麼大局呢？她始終想不透。為何要忍著受人欺侮，成全的只是表面的和氣，而和氣底下累積的，又是女子一生的怨毒？這些怨毒最後能換得了什麼呢？她想，若不是為了天下事，何以犧牲個人福祉？若沒有改變，革新，又為何要忍於一時，只為了不會有任何希望的未來？

在想著這些問題時，她的心已不在此處：不在這座悶死人的宅邸，心亦不在這被限制的身子裡。她知道不管被囚禁得多深，她總是會逃出去的。

她的姊姊們終究逃不了命運。大姊遭丈夫冷落，二姊自殺後由夫家匆匆下葬了，三姊看似正常，實際上人們都說她瘋了。

於是，這個家只剩她一個女兒，關於姊姊們的命運家族間絕口不提，像是從來就只有她一人。她在十多歲時，感到徹底的寂寞。不僅是一個人的緣故，也因為只有她一個人記得。

母親過世後也是如此，女人一死後，只落得被遺忘的命運。母親留給她的，只有一條金項鍊，與綠色碎花旗袍。

若不是偶然聽聞鄰居談到同是浙江出身的秋瑾的故事，以及眾人對她的欽佩，楓可能不會知道女人可以這樣被記憶。

「秋風秋雨愁煞人。」

正是因為被秋瑾啟發，才會在決心加入革命工作後，選取屬於自己的代號的時候，更名為楓。

在女校時期，她曾與同學一道，偷偷上過街幾回，抗議政府對日本人妥協，出賣國民的利益。每回被父親發現，都會被關在房裡好幾天。

年少的她，即便房內無他人，仍會含著淚不落下。她將整張臉埋進繡花枕頭裡，女子的房間裡，所有的東西，有形的與無形的，都是柔軟的、脆弱的。這令她忍不住咬牙切齒起來。她總希望自己在將來，能夠堅強地對抗所有的壓迫。她不容妥協，包括內心的軟弱部分。她祈求蒼天，賜予她不平凡的命運，得以扭轉情勢。她願忍讓，但不是傳統的那種。她渴望的是能夠改變社會的那種力量，並接受任何代價。

就像此刻，兩名男子的手不管抓得再牢，還是抓不住她的。不僅是她的精神，此刻，她的肉體也是自由的。走在自己選擇的道路上，已經沒有任何人可以左右她。

打開鐵門，走到監獄的外頭，方才見到的陽光已經被一片烏雲籠罩。細針斜雨，風如刃，讓這南方之南的六月島嶼添上幾許涼意，宛如秋雨。

「真是天涼好個秋。」楓想。

3.

她的命定時刻亦在秋天，在北方之北，九一八事件發生時。歷史是個戲台，有時端看時運。戲棚下站久了，就是你的。當她因父親的媒妁之言，遠嫁到瀋陽，與同是鎮海出身的陳家結為連理時，她以為自己的命運就是如此了。

她的丈夫博良，人如其名，為人博愛而良善，唯獨婚姻之中就是平淡了些。她溫柔賢淑，將丈夫已故妻子的子女視如己出，悶得發慌時就寫書法、畫蘭花解憂。她不僅無暇思索別種命運，活得連自己都不知道人在哪了，只有說不出的沮喪，在東北過於廣大的天空下，卻找不到能大口呼吸的窗口。任何的話語，一開口，就消逝在空氣中。

像是沒有時間。

或是，某天她想，這裡不是沒有時間，而是時代不屬於她，她也不屬於時代罷了。

她預想的無盡延長的時間並沒有持續。她慣以為常、令人發狂的某個寂靜夜晚，被轟然巨響給震碎。

夜半時分，日軍大舉砲擊奉天。屬於她的時代，以這樣殘酷的形式到來，令她措手不及。

說是聲響，毋寧說是壓過一切聲響的聲音。最初是砲彈落下，伴隨著大地與空氣撼動的聲音，接著是尖叫聲、哭嚎聲。最後，無聲。楓暫時失去了聽覺，四周的風景流動變慢。那一刻，樓房撼動之際，一面箱櫃眼看要倒了下來，丈夫與前妻所生的女兒蓮芳就要被壓上。

她在這寂靜緩慢的狀態，不做他想。她從搖墜失重中穩下，箭步向前，眼睛像是突然能俯瞰自己，一旦她移動，四周的景物便趨緩。於是她更無猶豫，衝向前，一把抱住蓮芳，順勢翻滾了一圈，母女倆躲在牆角。一待靜止，四周又開始移動，碰的一聲箱櫃倒地，木板撞裂開來。

漆黑冰冷的夜，她感受著心跳，遠方的槍響、砲彈聲、叫喊聲回到了她耳中，她卻失了神，久久不能移動。她隱約知道自己走出了時間之外，而回來的，再也不是原來的時間了。

待得天明，九月十九日，關東軍占領瀋陽。她的歷史時刻別無選擇地到來。一夜過去，砲聲稍歇，守軍據說撤退了，而丈夫尚未歸來。趁旭日初昇而天仍濛暗，她感到手腳恢復了自由。

她囑咐蓮芳莫作聲，包著毯子坐在牆角不許動。並囑咐蓮芳抱著剛出生的妹妹曉楓，乖乖等大人回家才可應聲。

她隻身出門，穿行在滿是瓦礫的街道。半倒的樓台，門戶大開露出平民百姓的貧困，觸目驚心地前行。對於此，她感到某種深深的憤怒，一種燒透身子的恥辱。

對日本人的侵門踏戶是一部分，但更為憤怒的，是缺乏力量這件事。對於中國的土地被踐踏的身分，她如同身體被陌生男人輕賤一般地感到羞辱。對於缺乏力量的怒火，在身體裡猛烈燃燒。她感到整個人變成一顆堅硬的砲彈，想奮力地反擊回去，撞破一切的高牆，無堅不摧。她想要爆炸，把所有的斷垣殘壁都一掃而盡。將軟弱的事物都掃除，舊的事物都除盡，再建立起一個最高、最堅固的城牆，將所有的威脅趕出去。

她在恍惚前行時，忘情地發誓，從今以後，要從自己的內部，把軟弱的部分連根拔起。然後，要以鋼鐵一般的心，對抗現實的砲彈，抵禦外界的侵略。

不屈辱。

當她的丈夫博良脫困後，不管他人如何追問，他總是想不起來，到底自己怎麼在日軍重裝占領的東三省兵工廠中，作為一名被綑綁監禁看管工頭，是如何從天羅地網中逃脫的？他只依稀地記得，如夢一般，被一個比他矮小，但無比堅實的身體托起，緩慢地前進，從那些日本人的面前走過。而那些手持著步槍、上頭插著刺刀的日本人，彷彿蠟像，一動也不動。這行進中，他的身體也絲毫動彈不得，甚至在移動中有種拉扯的痛。

等到他身體恢復行動力後，如大夢初醒，才發現杵著他身子的，是他的妻子。

他們兩人身體相倚在兵工廠旁的暗巷。日正當中，陽光不偏不倚地照進這建築間的縫隙，灑落在這恍若隔世的夫妻身上。儘管如此，他感到異常的寒冷，隨即意會到是從妻子的身上傳來的。

她的身子比冰塊還冷，正想詢問，博良卻因她如湖水薄冰一般的眼感到困窘，只聽見妻子細聲絮語：

「沒事了，能救的我都救了。我在砲彈庫房前還點了火。那些日本鬼子現在應該手忙腳亂，暫時管不著我們……」

接著陷入沉默。博良抱著楓一動也不動，在陽光的沐浴下勉強保持不失溫。她的身體像個不會融化的大冰塊，嘴吐出的氣息比九月的東北更冷。直到陽光掠過了他們，小巷回歸陰暗後，才漸漸地，從手指到四肢，緩緩地能移動起來。而這一切竟奇蹟的無人知曉。

即使他們後來脫困了，然而那段時光像是被凍結了。

時光慢得像射出的子彈與砲彈全停在半空中，落下的雪花點綴在空氣，原地緩慢打轉。

九一八後，東北是待不了的。加上丈夫博良自那回事件後，身體就天天虛弱怕寒，他們簡裝打包，回到了鎮海朱家老宅。

也許是命運安排，她的父親不久前過世，繼承了偌大宅邸還無從整頓。這下順理成章回故居避難，亦替丈夫受寒的身體養病。

不過，命運沒有放過誰。翌年由春入夏時，虛弱的丈夫雖然過一回死劫，但這回染上了霍亂，不到一個月便過世了。

喪夫的她沒有跟任何人說，她的身體，從那時就一直是冷的。更沒有任何人知道，相對的，她的內心一直是熱的，火燙的。內心有個煉鋼爐，在新寡的她的內裡，反覆敲打著。

4.

外頭的空氣才吸得幾口，她就被帶上囚車，裡頭不見外界，不知將載往何方。

她心想：還能載去哪呢？對於他們如此故作神祕，她一笑置之。

如果真要她一條命，她早就不要了。用不著勞煩他人之手。不過答案倒也明白。所謂自由，不是掌握在生那方，而是在死那端。在壓迫者之下求生存，是永世的奴隸。唯有不怕死之人，爭得了自由。自由，追根究柢，是求死的意志。他們想殺的，不是這條命，而是意志。他們萬分驚怕她就這麼成功地死了，就算她贏了，所以非得要大費周章親自取走她的命才甘心。她最後的爭鬥也在於此。她不是要存活才算贏，而是能夠守住自己的死，不落入他人的手裡。

她回憶，在定海看守所時，眾人以為她服金自殺。然而她的昏迷，實際上只是她每回僭越了時間後的後遺症，四周發生的事她知曉得一清二楚。那回他們真的緊張了，對她僵直的身體又拍又打，又是搖晃又是潑水又是耳刮子，就是弄不清楚她的狀況。她聽見他們七嘴八舌的討論，就是怕她就這麼死了，這是上頭絕對不容許的。

沒想到他們真的這麼大費周章，把從台北逃到定海的她又專機載回了台北，做了許多徒增折磨實則無用的治療。他們想將她救回來，發現她怪異的身體無藥可救，只好趕緊處死她。

只有她自己知道，無論是生或是死，其實都不是他們能決定的。

如果沒有以命相賭的追求，沒有奮不顧身的獻身於大義，這輩子她可能與大部分的女子一樣，終其一生未曾嘗過自由。

世界不過是一層又一層的牢籠，到哪都逃不了。

新寡的那幾年，她深鎖於大院，整日學寫字、畫蘭花。在旁人的眼裡，她似乎還是那個隔絕於世的四阿姊。實際上，她的另一個人生，早已祕密展開。

一方面，她善用金錢，支助女子讀書、談論國事。逐漸地在朱家宅邸聚集了一些有志之士。他們多半愛國，氣憤日本人的侵略，亦怨恨東北陷落後國民政府只管殲滅共產黨，而不團結起來抵禦外侮。她家的大院，儘管出入的人為數不多，但已然是細心篩選的重要人士。

但另一方面恐怕才是更重要的、連最信任的夥伴都不知曉的事。楓暗自練習在時光中潛行。她試著了解，在怎樣的情況下能夠將時間喊停，又能行動到怎樣的範圍。尤其，在潛行之後，那段動彈不得的後遺症到底到怎樣的程度。

儘管未能完全理解，但越是熟悉這種感覺，她越明白這個能力的代價：她的身體終有一天，會像個雕像一般僵硬死去。
因此，她的時間絲毫都不能浪費。

5.

身體的異變也不是沒有解方。後來她發現，若她能順由時間，不去拒絕現實，她的身體會變得柔軟許多。相反的，只要她拒絕現實，逆行於時間，身體就會加劇變硬。只是這項發現，倒也引發她的矛盾。在這時代，若要做點事，怎能不逆行呢？
尤其在她遇上曉光之後。
一九三七年，一場巨大的戰役終於爆發。平津作戰後，華北失守，日軍下個主要的目標就是淞滬。八月十四日，上海的天空激烈空戰。日軍、國軍的飛機在空中作戰，天空一下被占滿。被擊墜的戰機，化作火球失重摔下。來自海上的砲擊不斷。火光四射令人目盲，此起彼落的爆炸聲震耳欲聾。

只有她，能在戰火中仍然前行。也只有在這時候，她發現一些自己的同類。這些零星的特殊個體，在時代中逆風而行。說穿了這並不難，只要在這槍林彈雨間，在覆滅國族的災難前，能夠無畏挺身，睜大眼前行，你會發現，一切武器與攻擊其實並不致命。真正奪去性命的，是眼前的命運。人終究要死的，不過，對於他們這些懂得凝視命運的人來說，生與死，是你的目光與死神的搏鬥。躲過了，就能多活上一些日子。

如果這個時候，有雙客觀的眼睛俯瞰，會看見這群時代大浪中的某些小點，對周遭所有變故恍若無聞。他們各自前行，依著自己的腳步與直覺，在旁人眼裡，反倒像是逆行一般。

照理說，他們應當是孤獨的。正因為孤獨，他們能夠彼此辨認。

這幾年間，她已經有了認識。自己所能做的，雖說不能夠上場殺敵，也沒有勇氣暗殺重要人物。然而，在救助人方面，她若善用自己的資源，還是可以有自己的貢獻。

她捐獻家產，在鎮海舉行義賣，並接濟受傷的平民。

她默默做事，不居功。這樣的她反倒在這危難時期，引起一些人的注意。不過對她而言，無力感還是更為巨大的。儘管喪夫喪父，一無掛念，在戰事期間能如此捐獻家產，獻身於救難，已是過去沒想過的境遇。不過每當看見大地上的苦難，那些傷患與屍體，她就痛苦萬分。

在那場巨變後，她對於時間越來越敏感。時間不是透明的，不是中性的，對她來說，時間是物質。時間有清澈的、有污濁的，有流水般的，也有泥沼般的，有時像是風流過身體，有時像是堅硬的石壁擋在眼前，有時冰冷有時炎熱。時間也有顏色。她在那些傷患身上看見了時間，慢慢失去顏色，失去溫度，最後變得僵硬，縮小，爾後消失。

她曾試過闖入戰場救助更多的人。然而在戰火之中，她雖能自保，但無法全面救助。說到底，她的能力，還不如錢財有用。

淞滬戰役開始以來，她眼前所見，皆是灰濛的時間，陷在迷霧中的、寒冷的時間，還有，逐漸窒礙難行的時間。她預感，在身體完全變成雕像之前，她可能就會卡在哪個時間的縫隙裡，像她見過的，東北大地上不小心掉進結冰湖裡的野生動物，完整地冰封在湖的深處。

直到她遇見那道光。

日軍轟炸上海南火車站時，她身在現場救難，卻只見那些被燃燒彈波及的平民，他們的時間猶如身體一樣，瞬間燃燒成火球，再徹底成為焦炭。天橋、鐵軌、月台，炸毀成廢鐵與瓦礫，而人的斷肢與焦黑的軀體，在此間不過也是損毀的物質。那天的時間是灰燼狀的，令她睜不開眼，無法呼吸。

她在救了幾個人之後，身體失去了力氣，卡在時間的夾縫中動彈不得。火原來是黑的，暗不見底的黑。而炙熱的火燄，身在其中比什麼都還要冰冷。

在她即將冰封在漆黑的時間時，突然感受到一股溫柔的光焰，微小卻穩定地，引導她在千鈞一髮之際脫困。一枚砲彈在她身後不遠處落下，她腳步踉蹌，恰好伏倒在地，躲過了一波衝擊。

她的身子暫時僵硬，卻有個人喚著她，並輕柔將她拖到暗巷躲避。

昂首，只見一雙明亮眼睛的年輕男子，如此溫柔而堅定看著她。她知道在被帶到此處躲避前，她是被這雙眼給救了。奇妙的，她身體僵硬的後遺症，竟也在男子的目光中，感到一股暖流，驅散了黑暗，而重獲自由。

她直覺地知道，方才的危機間，他是看著她的。一直以來，逆行於時光間是如此孤獨，沒人看得見，猶如鬼魂不存於世。只有這雙眼看見了她，猶如在黑夜中有了不滅的燭火，儘管無法點亮世界，至少能讓她繼續前行。而這份暖流，也令她寒冰刺骨般的內心不再失溫。

恍惚間，她知道他的名字。曉光。

這真是再好不過的名字，她想。破曉之光，驅散了她幾近迷途的黑暗。

6.

囚車劇烈顛簸，忽而停止。身旁的軍人喝令下車，才開車門，抓上她身子的手恰好有些遲疑，給她抓了空隙，堅決起身，自行走下囚車。

此時正午，雨剛歇，陽光割裂烏雲般，恰好一道光束打在她身上。

這道陽光，也直射了她的雙眼，剛從囚車出來、還不適應外界光亮的她，眼球略感疼痛。

她只剩雙眼稍微像是一般人了。情治局的人在諸多用刑無效後，才終於發現此點。他們對她的眼睛照射強光、灑鹽水或辣水，甚至拿刀尖抵著她的眼珠子。不過這些，至多使她乾澀不已的眼睛充盈著淚水，視線模糊罷了。

南方的陽光終究是太烈了。這世間要不是過明就是過暗，她只愛戀著曉光的溫柔。可喜的是，她實則艱辛的一生總算遇上了他。可惜的是，他們相處的時光太短了。

她心一橫，即便有撕裂般的痛楚，也要大步前行。後頭的兩名特務追趕上來，狼狽地抓著她，像是落水者終於攀上了岸。他們也許不會承認，但其實是她拉著他們前進。才走幾步，就走出烏雲裂隙的陽光。而天上，烏雲隨即籠罩，將大地又染回灰色。

她記得，上海陷落時候的天空比這更灰。與漆黑的深夜不同，這樣的灰充滿了雜質，將城市的璀璨光彩吞噬殆盡。

但她有曉光。曉光告訴她，他別無長才，就是這雙眼特別利。興許是太單純了，雖說會看人，但總看見好的那面。對於奸惡之人，他可是一點辨別能力也沒有。所以組織裡分派他的任務，是在深入危難地區之餘，挖掘對黨有用之人才。

曉光說：「有些人在危難時，會散發出不同的光彩，那光彩會蓋過他的形體，成為一道特殊的光影。那絕不會錯。」

「那，曉光哥哥，當時你看見的我，是什麼顏色？」

「像在美好秋日的陽光下，火紅色的楓葉翩翩落下，在腦海裡留下的顏色。」

她在曉光的介紹下，加入了組織，從此改名叫楓。

馬場町上稍遠處，一群充滿肅殺之氣的男人們，自她下車起便盯著她不放，一位看似領頭的男人，嘴巴看似毫不牽動地，緩慢說出幾個字：

「這個女人，便是這次間諜案的主謀。」

7.

但間諜又算什麼呢？楓內心不以為然。

戰火燃燒猛烈，四處延燒，幸好拉長了戰線，儘管損失慘重，仍將日軍拖入了泥沼。楓則與曉光迅速熱戀、結婚，帶著子女遷移至武漢。

有了曉光之後，楓有了方向。在目光的照拂下，她的身體變得柔軟，有時甚至忘記了時間。忘記了他人的苦難時間，死亡的時間，狹縫的時間，但有時還是會心頭莫名的慌亂，胸口像是被重擊一般，喘不過氣。

楓不免疑惑這樣的日子。如果這樣下去，她也許可以作為一個普通女子活下去。國家的苦難如果救助不了，她何嘗不能擁有個人小小的幸福？

身體還是早一步回答她了。在她內心的猶疑擴大後，楓的身體逐漸無法接受曉光的目光，連感覺都有些麻木了。僵硬感掐住了她的脖子，就像日軍掐住了對外聯繫的管道，把中國一步步逼向內陸。

曉光則一貫的溫柔堅定。在他們武漢的居所安頓下來後，曉光一日帶著楓走進間茶坊。會面的男子年紀稍長他們幾歲，化名許松。曉光則化名為梅，她則用新的名字楓。新婚夫妻二人不過分親暱，在旁人眼裡倒似兄妹。

三人沏著三炒三揉的蒙頂甘露，悠閒地閒話家常。楓不需提點，自然留意此刻的氛圍。

在茶水與小火爐間，她冰冷僵硬的手指漸漸恢復生氣，她眷戀地看著爐裡暗暗發紅的煤渣。心頭想著，是啊，這小小一塊不起眼的黑煤，若有了火種，將會如此透紅地燒著，將整個周遭都暖了起來。小小一塊煤，可以推動火車，推動機器，推動生產。她想，是時候了。

曉光首先起了頭：「楓妹，有件事想徵求妳的同意。我想邀請妳正式加入組織，為天下的同志盡一份力。」

楓低頭專注給鐵壺裡舀了一匙熱水，不動聲色地說：「梅兄，千萬別客套，國難當頭，中華兒女都該犧牲奉獻。我早已等待多日。」

松沉吟了一會，對著他們說：「兩位，時機敏感，而機會總是千載難逢，不妨直說。梅兄跟我報告過情形，這方面我是最信得過的。楓同志，戰爭時期，在戰線前端殺敵，或在後端救助，都是要緊事。但人盡其才，我倒不認為人人都要當個英雄，受人景仰有許多種方式，有時甚至要淡泊名利，在大多的時候不為人所知。」

楓說：「我甚是明白。」

曉光說：「楓妹，我們都知道你通情達理，見識不同一般女子，堪稱新女性的典範。就讓松兄接著說下去。」

松接著說：「楓同志該待的地方，不在戰場的前方或是後方。」

楓問：「那該在何方呢？」

松神祕地笑了起來，以食指輕沾茶水，在木頭茶桌上寫字，隨即抹去。其手勢像是雜耍一般。只見楓神色嚴肅，曉光則鬆了口氣。松以指作筆，以茶作墨，桌作紙，在上頭筆畫又抹去，動作越來越快，而楓不看漏任何訊息。

松最後說：「所以，妳該待的，便是此處。甚至，要比後方更加後方。」

楓則在心裡想而未說出口：「而那就是前方的前方了。」

這便是她革命事業的開端。她被安排與松一同經營書店，同時經商來往，而多次隻身或搭檔前行，傳遞情報，搜索訊息。

她疾行於戰事的前方之前，在一切戰事掀起之前，聯絡躲藏在敵方的臥底，獲取情報，給後方的指揮參閱。

楓的確長年偽裝，深入敵營。然而她並不以為是間諜，而是一名真正的女戰士，比所有的士兵更早抵達戰場之人。

8.

她站在廣場中間，身旁站著幾位男子。因為神情憔悴，身子曲縮，她定睛一看才認出其中一名。

那是「密使一號」吳將軍。

她當初來台灣，就是接受了上級的安排與吳將軍聯繫。在他們的行動有了危險，她逃到定海的飛機，還是吳將軍安排的。如今他們將一起在此被槍斃。這是他們第二次實際見面。當然也不會有以後了。卻因為如此，她卻覺得有手足般的情懷。

吳將軍看了她一眼，然後看往滿布積雨雲的天，嘆氣道：「到頭來，我們都被老鄭出賣了。」

她沒有回答。

忽然她想起某事，迅速且認真地掃視身邊幾位受刑者。吳將軍看在眼底，似乎猜著她的意圖，維持同樣的姿勢，在嘴邊小聲說著：「不過，友邦先生倒暫且沒事，不過往後受到誣陷的話也難說。」

吳將軍的口氣裡聽不出是慶幸還是惋惜。她也作如是想，在這時代，誰是忠良，誰是奸邪，恐怕連後世都難以斷定。而最公平的待遇，是被時代埋葬，無論是怎樣的立場，有無出賣過誰、背叛過誰，或是遭受冤屈，都一齊被遺忘。

她等待著。

不過，想到吳先生所說的友邦先生暫且沒被誣陷為間諜，她內心倒稍微安慰些。那個男人雖然僅有幾面之緣，但她知曉他有理想且無懼，亦照顧過她的女兒。至少，不要因為她的事情遭受了蒙冤而死，是她人生最後還在意的事。

想想，那個男人，是她第一個認識的台灣人。

他們在武漢的生活還未安穩，一九三八年的秋天，日軍就攻陷了武漢。有了任務的楓，心中安定，在曉光眼睛裡的微光指引下，她無所畏懼。前夫與前妻的孩子蓮芳已嫁得好人家，前往了台灣。稍微掛念的就是她親生的曉楓，在此亂世，要接受怎樣的教育呢？

楓煩憂未解，且接受上級指示，舉家搬遷到浙江金華。

就在這個時候，楓與曉光接到了任務，在金華協助來自台灣的李友邦成立一個新組織。

楓與李友邦約在金華的一間飯館碰頭。他濃眉大眼，兩道法令紋極深，像刀刻上去的。後來，她看人只看眼神裡的光，是什麼顏色，是怎樣溫度。李先生的眼神如火炙熱，卻與曉光可感受到溫度的眼神不同。她觀察到，他眼裡的光極為特殊，乍看是燃燒的，炙熱的火紅，實際上卻不燙人。她進一步察覺，那也並非是一般的暖，而更像炭火的餘溫，甚至是餘溫的印象而已。她按捺著好奇，才能夠不去問，這雙眼究竟在追求什麼。她在他眼裡看見某種遺憾，像錯過某事的惋惜。這樣的人是無懼的，不容易動搖的，因為真正懼怕的，卻欲追尋的，並不在此處。若她尋求的是尚未到來的幸福，那麼這個男人展現出的從容感，也許是一個失去的、無法再挽回的幸福。

她除了黨所企盼的幫助，還捐出更多資金給這個男人。從參與組織那一刻起，她就不把這些錢當一回事。既然想留也未必留得住，不如給了出去，也減緩她越來越沉重的心靈。

只有一件請求較為私人。她知道那個男人成立了台灣義勇軍外，也成立了少年團。她將女兒送了進去，囑託李先生砥礪其心志，面對大義與私情的抉擇，切莫猶豫。

她直覺以為，台灣終會與她有關。就像在那個男人身上感受到的遙遠感、恍惚感，也許這塊土地，是真正的遠方，可以在天下太平之後，去踏踏走走，讓她不再沉重。

怎知卻是牢牢地將她釘在這裡，像根柱子一樣，再也離不開了。

「但這也怨不得誰。」除此之外，她別無他想。

9.

楓立定，挺起腰，眼前直視前方。無論六月陰雨不定，偶有狂風起，馬場町上的女子絲毫不動，彷彿連身上的衣物都一併凝結。

身旁四五位年輕士兵，壯起膽，不願死囚如此堅忍悲壯，這態度深深刺傷他們，何況還是名女子。他們或是拉扯或是推擠，皆無法動搖，連髮鬢也絲毫不動。其中一位曾參與刑求她的過程，一時間氣憤，準備取下胸針去威脅她的眼球時，看見她的雙眼已經眨也不眨，徑直瞪著前方。

他們全發現了，皆害怕被她盯著，暗自挪移腳步繞開。

但此時的她，才經過一個早上，不僅眼珠無法轉動，也已經看不見了。看見這件事，成了只有自己內心知曉，真正祕密的事。

還剩下一點記憶，擁有記憶的她，是寄宿在這具軀體的鬼魂，雖然也要如煙消逝了。

楓看得太多，說得太少。若沉默是「不說」的極致，那極致的看見又是什麼呢？她隱約有答案，偏偏這是她拒絕的。看得太多的人，最後會撞見命運。命運是這樣，它如此簡單，不需要道理，當你看見時，你會詫異它竟然如此清楚不過，簡直像是廉價的騙局。她看見命運幾回，尋常地像是平日的夢境，可她偏記不住。幾次下來，她猜想，也沒有別的可能了。命運可以讓你看到，卻不給你談論，沒了談論的餘地，你就記不住它。闊言談論命運的人，其實正是看不見命運的人。無法看見命運之人，才得以恣意談論。她選擇背對命運，再也不去看也不去想，更不去談論。也許有一天，會輪到命運對她說話。

在臨刑之際，她失去了視覺，甚至沒了所有的知覺，也許是命運給她的仁慈。

首先，是書。她不記得那些書的內容，倒是記得那些書的樣子，以及那些將士們閱讀時的平靜。

這是楓與曉光被指派加入新四軍後，創立了隨軍書店後的光景。她熱愛這項任務，在前線提供戰士們書籍，有時教導同志識字、寫字，有時辦讀書會討論思想。書在她童年是見多了，但識字讀書，在過去僅僅是無聊之際的排遣，就像她天生的抱負，有時是諷刺，甚至悲哀。但現在這全有了新的意義。

然而終究只是短暫的幻象而已。對這些年輕的、隨時可能冤枉掉性命的兵士是如此，對於她亦是如此。書店給了她名義穿梭在江南，有時是輾轉聯繫，有時是親自往返。她先從採購印刷物資開始，後來也採買與販賣些軍需品與日用品。

躲藏在這些物品流通之下的，是訊息的流通。楓特異的身體像是個最好的載體，總能安然無恙地將訊息帶到指定的地方。經過幾次的測試，上級對楓越來越重用。在她而言，卻有那麼一點的不甘心。她感覺，這些任務能完美執行，是她能夠承載它們，卻又與之無涉，像是個完美的容器。那麼多的意義透過她傳遞，卻沒有一點意義是關於她的，這就是她對組織來說最大的意義。

她想過不只一次，如果是在承平時代，她或許可以當個不錯的書店老闆，甚至是個成功的商人。不過，若不是發生了這些事，恐怕她這輩子也只能深鎖在大院裡頭終老。她的身體雖有曉光的溫暖緩和，仍是日漸僵硬沉重，何況在她受到重用之後，夫婦之間聚少離多。

加上後來發生了那件事，她自感時日無多，而萌生了退意。

10.

楓自從九一八前夕的變異，不知逃過幾次劫難。不過，此時她即使眼不視物，也喪失了許多感覺，她仍清楚自己在劫難逃。不是指著她的槍口的威脅之故，而是她實質上，已經從內部開始無可挽回的死亡。這過程已經很久了，久到她忘記了不伴隨死亡感的活，是怎樣的感覺。

如果不是那回的大逃獄，這回的劫難或許她會輕鬆逃過。可是一連串的因果，該是怎麼計較？但那回是為了拯救曉光，楓毫無怨悔。

曉光處理隨軍書店的庶務，楓則在華南華中四處移動。同時，新四軍的力量也逐漸成形。她隱隱約約發現軍隊掌握的區域，與她來往的地方、接觸的人有關。楓有複雜的預感，盡可能保留，不去調度時光，以備不時之需。

在各種衝突間穿梭，彷彿無事，這無事之感，慢慢像條細線，捆著她的心臟。許多衝突像是尾隨著她行經的路線而來，這已經不像是預感，而像是她走到未來的前方。她甚至不免去想，這些衝突是不是由她引起的呢？她不知道自己是對是錯，一開始她只想自由，厭惡日本人的蠻橫，國民黨的腐敗，以及軍系之間的不團結。她原本以為自己看得清楚，但也許是雙重生活久了，用著化名，對切口與各種不知其真正身分的人打交道，一層一層包裹，她清明的心也變得混濁。她才知曉，世間沒有完美的容器，容器也是會染上顏色，會受損的。

一九四〇年秋天，八路軍與新四軍會師，蔣介石的猜忌浮上檯面，衝突一觸即發。楓卻捲入大量的信息海中，連時間感都丟失了。她何嘗不想與曉光過上平靜的日子，然而牽涉如此多的他們，一但抽身，又會如何呢？

然後，災難沖向他倆，原本就像以一條細線聯繫的彼此，就這樣沖散了。

一九四一年剛到來的沒幾天，皖南事變，新四軍遭到國軍突襲，除了少數隊伍逃脫，多人戰死、被俘，而曉光不知去向。

楓頓時感到天旋地轉，眼前一片昏黑。她原想大哭一場，才發現自己沒有淚可流。好久以來她不再哭泣了。她的內心乾涸、枯竭，像口深不見底的枯井。不哭也好，莫浪費時間。幸得她也多少有了人脈，很快地打聽到曉光的消息。在江西上饒市，約莫四千名同志遭囚禁，曉光也在其中。

要說是間諜，也就任人說了吧。楓想。

她將曉光在組織裡的代號「梅」改了一字，自己化名為愛梅，代表共產黨與國民黨交涉，談放人的條件。有表面的談判，有檯面下的收買與交換條件。她接觸了埋伏在敵營的自己人，也以自己的方法接觸了組織當中的國民黨臥底，或者是翻面又翻面的雙面諜。她知道，其實所有的間諜都是雙面諜，像一張白紙反覆塗抹，最後都是黑的，誰弄得清楚自己是誰？可是她不同，她太過於清楚自己是誰。諷刺的是，她反倒是最適合的間諜工作者。因為她可以夾帶任何東西而不真正涉入，可以穿梭在狹縫間而不被察覺。

還有，只有她知道的事：她可以將世間的時間，換成自己的時間。或者該反過來說：她以自己的時間為代價，換取世間的時間。

楓終於在隔年的春天，趁著日軍對浙贛鐵路攻擊而集中營要撤防之際，幫助了曉光與數十名同志逃獄。

另一件只有她知道的事：她的時間，快要見底了。

11.

那回之後，她再也沒有信任過國民黨。她選擇在國民黨的對面，此刻，倒一點悔恨也沒有。即將貫穿她身體的子彈，證實了她的意志。無論她是誰，被歌頌或被唾棄，被記得或被遺忘，至少不是與國民黨為伍。

她記得那些她救不了的同志，受虐致死的面孔，怒目瞪天的模樣。死人她見不少，但人死了，在他身上的時間未必全然消失。總會有那麼一點留下來，由他人承接，或轉換成記憶。然而在集中營裡，那些屍體們的時間被榨得一點都不剩，像是在這世間從來沒走過一遭。

說實在話，她聽不太懂馬克思主義談的是什麼。但看到這場面，她突然以自己的方式，體會了「剩餘價值」是如何地被剝奪。

每逢她想到這裡，就感到窒息。無論如何，她想掙的，是那麼一點時間，為了這些人而掙。賭那一口氣，緊緊咬住那屬於無名大眾的時間。

唯獨捨不得的，是曉光，以及在少年隊生活的女兒曉楓。

她有時不免半是甜蜜半是悽苦，如此煩惱，恰是證明了她掙脫了牢籠，成了有用之人。若有人的痛苦在於生不逢時，她則是太逢時，與時間牢牢擺在一起，解也解不開。

即便有了皖南事變，隨著戰事的發展，黨的勢力也大為擴張。幾年間她繼續祕密行動，對象大多是國民黨。偶爾陷入危機，甚至遭捕入獄，都靠著自己的能力脫險。但幾次的失手，除了形勢險峻，以及國民黨的保密局裡充滿了幹練的特務之外，也間接證明了楓能力的喪失。不僅能力不足倚靠，越來越嚴重的僵硬，有時反倒令她更加危險。

丈夫曉光，壞就壞在性格太好，楓不想做的事，他從不勉強。楓想做的事，他也從不阻止。

一九四九年，聚少離多的他們在上海重逢，一家團圓，平靜度過數月。

一日，松來信。信中透露，台灣的密使一號有重大的情報，正苦無機會傳遞過來，需要有個牢靠的聯絡員。恰好前陣時日，楓與前夫的女兒蓮芳取得聯繫，蓮芳與夫婿隨著國民黨到了台灣，他們且邀請楓去探望。

幾經猶豫，楓夜半之際，就著月光，柔情地說：「若你要我隨時收手，當個普通女子，我不會有任何怨尤。」

曉光則回答：「普通女子哪是說當就當？妳就是跟別人不同，不然那年在上海，槍林彈雨中我怎會尋著了妳？」

楓說：「不過，曉光，太平的日子也到來了。」

曉光說：「還差一點呢。搞革命的，千萬不可大意。」

楓說：「我知道。」

曉光說：「等一切結束，我們的後半生該有了快樂。」

楓說：「別掛心，我只是去台灣一趟，探望蓮芳與她的丈夫。」

曉光不語，只握著她的手，細心地按摩，試著鬆開她僵硬的關節。

楓深吸一口氣，說：「這是最後一次。我答應，我們的後半生會有快樂。」

而這一趟，確實是最後一次了。

12.

當楓在刑場上沒有看見老鄭的身影時，她再度確認，出賣他們的就是這個人。諷刺的是，早在一開始接觸時，她就不信任這個人了。

那是什麼感覺呢？起初是一種訝異與不解，引起她的困惑，甚至有點惺惺相惜之感。接著馬上令她惶然不安，簡直想到奪門而出。即便現在已經失去了大部分的感覺，那天，以及接下來的幾次接觸，從毛孔裡感到的恐懼不適，像是無數的細針刺進皮膚，如蟻在血管裡嚙咬。

一九四九年十一月，她從香港輾轉到了台灣，與蓮芳會合。頭幾日，她順著門路在台北街頭明查暗訪，表面上處理貿易貨品或與人相約，私底下打點好聯絡事宜。準備完畢，她搭車去基隆，順著住址找到了一間南北貨店。她看貨把玩、問價、談價，自然地說出暗語。老闆眼神瞬間閃變，領著她進入一角的茶室。

老鄭的真實身分她是知曉的，這位台灣人不僅參與並指導台灣的組織，也跟著紅軍長征，後來當上八路軍的政治部幹部。這樣一號人物派來台灣潛伏她並不意外。尤其二二八事件發生之後，儘管有更多島內有志青年想要加入組織，不過國民黨的特務也不好惹，當中也不乏原來加入過共產黨而變節之人，實則凶險之至。她幾乎一眼就確認他的真實身分，詫異在於，竟是由他親自聯繫交辦，那麼此回的情報非同小可。並且，密使一號也必然是國民黨的核心人物。她心中一凜，知道自己責任重大之餘，也明白這回是走在刀口上。

不過，這第一回的會面，在她還準備要衡量狀況，判斷情勢時，她竟被老鄭給困惑了。

他們是同類人。沒錯，她確信。她從來沒有在任何一個人的身上看到如此相似的特質。也難怪他過去能在險象環生中存活，變換身分，偽裝行動。但她震驚的是，首先是這個人的時間早該見底了，卻以一種她無法理解的方式延續。像是偷取了別人的時間，混雜著、衝突著，時間在他身上跑著，彼此像咬合失敗的齒輪，發出令人難以忍受的聲音。

在他面前，彷彿自己僅存的時間也會被捲進去。若是說楓可以捱過這種難以言喻的不適感，是因為另一個震驚。當老鄭交給她資料時，他們的手不經意地碰觸。一觸著，她立刻將手抽了回來。她感到老鄭在看著自己，她卻不願多看他的臉。簡易告別後匆匆離去。

走的十多分鐘，楓一面喘息間回想方才的情形。那接觸的一瞬間，她感覺自己的時間被偷了一些。但最令她驚恐在於，不像她的代價是身體變得僵硬，老鄭的手柔軟無比，彷彿沒有骨頭。

這軟若無骨的感覺，蔓延到全身，連她走在路上，都感覺要陷下去一般。

他們一週一次，密會了幾回，她將老鄭的資料夾帶在貨品中，送到華東情報局。既然她有了準備，習慣了老鄭，不受到影響地交辦任務。她交涉的情報，對於金門的戰役似乎幫助頗大。她看見了結束任務後得以返鄉團圓的希望。念及此，她的心有了溫柔。她看見了近似於結局的景象，為此，她願意當個無名的女子，平淡餘生。她知道，只要回到這樣的生活，過去她失去的時間，即便不是全部，也會歸還給她，守護一份小小的幸福。

一晃眼，楓在台灣活動一個月有餘，最重要的情報，估算也已經渡了過去。

一日，他們默契相約的時間，老鄭並未出現。更令楓恐懼的，是商行的櫃檯也不是平常熟識的那位男士。她疑心這陌生的男子是國民黨的特務，儘管從他身上感覺不出危險。還未決定如何脫離，只見男子迅速且小聲地對她說：「老鄭今日不克前來，留了張紙條給您。」

兩人交換了眼神，她知道事情凶多吉少。沒有考慮何時打開紙條的餘裕，她迅速掃看，立即撕去。

紙條上寫著：

「老吳生意虧本了，眼下市價低落無法銷售，我擬外出，您不用等我了，請早日成行。」

此刻，站在刑場上的她與老吳，這位密使一號，兩人的生命，只差一顆子彈的時間。

楓則想著最後一點的抵抗，也就是時間了。她要活得比子彈多一點時間，或少一點，都好。她不想如他們所願地，被開槍這件事，交出自己的時間。

13.

被捕以後，她不禁去想，是否自己害了吳將軍？

老鄭失蹤後，楓設想逃離的方法。急於逃走，不但可能自投羅網，也擔憂匆忙之中，讓蓮芳一家錯愕，反倒成為破綻。最好，是躲藏起來，再循機會輾轉離開。可是人生地不熟，又能躲到哪？

意外地，在危急之中，聯繫上她的竟是吳將軍本人。

她裝作從容地捲款包袱，留下一點錢財給蓮芳，並圓個理由，準備離去。突然，蓮芳告訴她，一早有人留了封信在門口。楓機警，掃過未署名的信封樣式、紙質，心中有個底。楓說是生意上的夥伴問候，信放著就好，晚點再看。

隔日，她循著信的內容，覓到了一間士林附近的小餐館，上頭掛著未營業的牌子。她憑著信的指示，在門上敲了幾聲，一頓，再輕咳數次。一位不起眼的矮小男子拉著車，在她面前停了下來，兩人眼睛彼此確認。楓一路徐行，遠遠隨著拉車者。拉車者在一間公寓前逗留，楓知道就是這了。

上樓，輕叩門。門後一個溫暖的聲音說了請進。楓一見面，就認出了吳將軍，身旁是他的副官聶先生。她心情難得激動，卻按捺了下來。關於他何時成為同志，現在的情況如何，恐怕要等到兩人都脫險之後，才可能知道的。

吳將軍說是來結清貨款的，自己虧了錢，可不能害得其他人也賠本。他嘆了口氣，告訴楓，要是能躲避風頭倒也可以，不過依他所見，現下還是趁著他們正追著線索尋人，先用最快的方式逃回對岸好。於是楓從聶先生那得到一張特別通行證，要她隔日就搭著軍機離開台灣。

離開是真的，被捕也是真的，在老鄭失蹤的那一刻起，楓早已在劫難逃。她事後回想，也許他們正在等著她自投羅網，並順著她的逃亡路線，掌握更多的證據。

二月的舟山島，風大，她卻釘在一座小漁港，整整兩天像是個雕像站在那，卻等不到任何一艘船。

她凝視遙遠的、模糊的陸地。到不了的地方，就是遠方。她不能動，因為這幾日她逃匿，無論她如何調度，所製造的時間狹縫依然無法令她脫離監控。她的時間被扼著，再也不能前進。她也不願動，任何的移動，都會牽扯到她不想連累之人。她將自己在這世間，僅有的聯繫，在內心中斷絕了。

楓立在漁港兩天兩夜，國民黨的特務也埋伏兩天兩夜，驚奇地看著這個女子一動也不動地站在那。她的內在拉扯著。她凝視著海，又像是什麼都看不見。過去她甘願犧牲自己的時間，去換取未來。但面對身旁虎視眈眈要奪去她時間的特務，她一點都不願讓。

她終於領悟到，無論是怎樣形式的國家與政府，它們成立的條件，都在於大量地徵用人民的時間。國家將人民的過去吞噬，連同未來的時間一起剝奪，且永無止境的隨著統治者的需要而奴役人民的現在，往前往後都逃不了的現在。

這一瞬間，她亦預見了自己的失敗。這群追捕她的特務能夠這樣偷取她的時間，其實已經代表了一件事：看似無力回天的國民政府，至少已經學會了如何偷取人民的時間，為自身續命。

當時她就隱約猜著，老鄭終究是出賣她了。第一次見到他時，所感到的不適感，有了解答：老鄭這類人，也是靠著偷取他人時間延續自己性命的啊。

到此，楓只希望，她一直以來的選擇是對的。

埋伏的特務隨著她凝結於此，直到她直挺挺地倒下，彷彿僵死，才敢靠近。

14.

在漁港昏去之後，她先醒在定海的看守所。猜想是對她又敬又恐，或是想威脅利誘，串套出更多信息，他們安排的，與其說是牢房，更像個房間。那裡有木頭圓桌、矮凳，與簡易的鐵床架，儘管仍是寒傖，已經能展現其中誠意。

他們或許想要表示合作的意願，並不想要監禁她。

也可能是，他們亦拿她這副身體毫無辦法。她身上穿著那件母親給她的綠色碎花旗袍，從台灣逃出之後就沒換過。她自然知道，他們想幫她更衣也沒有辦法，因為她的身體，除非她自己願意，是無法挪動的。況且，就連楓自己，也要以極大的意志與努力，才能佯裝正常的活動。

於是，就像此刻，刑場上的風，吹得每個人都搖搖欲墜。只有她，挺立如雕像，連衣襬都不動。

他們傳言，楓是為了自殺，才將藏在懷裡的金子，攪在熱水裡吞食入腹，昏了過去。其實楓是為了讓這唯一的身外之物，也是母親的遺物不落在外人手裡，才如此做的。她一點剩餘價值都不願予人，一點也不。沒想到歪打正著，楓的身體加速地變化，從內臟開始，變成沉甸甸的金屬。她終於可以不去接受他人的食物，甚至連呼吸次數都慢慢變少了。她整日沉睡，既然連內裡都堅硬無比，只有夢裡與回憶裡還有柔軟。

這舉動驚動了看守所，也傳到了台灣情治單位的耳中。他們急急忙忙將楓又送回了台灣。入院治療無效，只好草草舉行一場特別軍事法庭。楓認了，也是不認，屹立在那，不為所動，搞得所有人心慌。

一切到此為止了。上頭決定，吳將軍與間諜楓一案，以及相關人士，一併槍斃。

第一槍，打在她的心臟。第二槍，還是心臟。第三槍，左肺。第四槍，右肺。第五槍，肚腹。第六槍，額頭。不痛，她想，一點也不痛，她的性命終究不是被子彈奪走的。但她累了也甘願了。

還剩下最後一句話的時間，她在內心底，好好與回憶道別。

15.

馬場町上，三具屍身倒臥，只剩一名女子，身中了六彈不但沒有倒下，亦沒有出血，毫無動搖。

化為雕像的女子如此棘手，他們只好加強人手，用鎚子把這具不知是雕像還是身體的東西敲碎，再打磨成灰。並清理場地，務必連她立足而深陷入土的足跡都不留，因而剷平了那一帶的雜草與土石。

他們傳言，在處理這座女子雕像的過程中發現，她的心，是金子做的。

光影

1.

阿邦最後一次夢到阿順，乃是夢回他們最初熟識的場景。

多年來，他暗自追尋阿順的蹤跡未果，只能在夢中不斷建構現場，還原細節。像是過去還未過去般，滋生的細節讓他分不清楚究竟是從遺忘中打撈出來的，還是自己虛構的。他只有在回憶起阿順才會發生這樣的情形。或確切的說，他只有在夢裡才會出現關於阿順的回憶。反之，每當他想起阿順，他都會不由自主地陷入夢境。對阿邦而言，這是他最深的祕密。於是，關於阿順的回憶與夢，無論是否真實，這些隨著年歲而浮現的嶄新記憶片段，他都視作一種只對他訴說的謎題。

出題者本身是謎面，而他自己可能正是他尚未抵達的謎底。

他不能理解的是，為何到了現在，才夢起了這份過去？又為何長久以來甚少回想過他們初次感到熟識的那天？

他邊夢邊想，或許這回真的要抵達了。他認真無比地觀察著這場夢。

作為大學同學，阿邦與阿順早該相識。不過他想不起關於阿順更早的印象了，彷彿同窗的歲月不存在過。而更加詫異的，是自從第一次有印象的那天起，他就對阿順有種莫名的熟悉與親切，儘管他對阿順仍然一無所知。

夢回的確切時間，是他們在無處可去的，一九二四年三月天。

日正中午，從校長室走出，退學的三人不發一語穿越台北師範學校校園。全校師生裝作若無其事，眼角的餘光卻一直落在他們身上。比起日本校長的蠻橫，阿邦這時更氣的是這些旁觀的人。他氣日本同學與師長仗著日本人的氣焰，站在高處俯視他們。更氣憤台灣同學與極少的台籍老師，甘願為奴，站在壓迫者的那一方。

阿邦想要回頭，把書包砸向窗戶也好，對眾人咒罵也好，或是衝向背後譏笑他們的人狂毆一頓也好，這怒氣燒得他呼吸急促，臉色漲紅，緊握的拳頭都快流出血了。

當血氣快衝破理智時，他忽然聽到一旁的阿順小聲說：「我要會記得今仔日的侮辱。」

他轉頭，瞥見阿順一臉蒼白，眼神直視前方，而牙齒緊咬的下唇，冒出了鮮血來，又被吞了回去。

那一瞬間，阿順的形象在他眼中彷彿靜止，成了一個受辱者的雕像。阿邦的內心突然被這景象鑿穿個洞，千百種念頭突然受控了。他將這股怨氣收納於心，成為了經驗：他深深記取了受辱的感覺。

他也對這位不熟悉的同學有了好感。

學校控訴他們三位少年早有串謀，私下煽動罷課以及準備聚眾襲擊警察局。事實上，他們三個平時互動極少，亦經常蹺課。即便在文化協會的活動偶有交集，低調裝作不認識，但絕不會是有計畫的共謀犯罪。

不過，這已經沒有差別了。他們堅守的沉默，與反抗的態度，讓少年們因為這個事件成為共同體。

阿邦心想：受壓迫的階級無時無刻不被迫沉默。可是，沉默這件事也可以是反抗。沉默對抗壓迫者的話語，將他們的命令與羞辱消解。我們緘默，並發展出祕密的話語，某一天，我們可以發出聲音，革命的聲音。

革命，是啊革命，才不是罷課、攻占警察局這樣而已。他心底真正想要的是革命。

他激動地將視線轉向身邊的夥伴，才發現另一位退學的夥伴阿聰已經不見蹤影了。他才回想起來，剛剛一路上阿聰似乎喃喃自語，說家裡的人不會原諒自己，要在家裡收到退學通知前，先回去解釋。

阿邦轉頭詢問阿順，確認阿聰何時分散的，阿順卻直視著前方，揮手說：

「阿聰失蹤了。」

阿邦不懂其意。他不懂人為何好端端的，會一聲不響地失蹤呢？從這句話當中，他感到深深的恐懼。才因為革命的激情而感到激動，這時卻為陌生的處境感到惶恐起來。

「又學到一個詞語的意思，」阿邦隨意地想。

他不是不懂失蹤的意思，只是從阿順的口中說出，讓他聽到另一個意思。

他解釋不出來，這個似乎毫無分別的詞語，到底是哪裡不一樣，可以像是測驗聽力時用的音叉，敲了一下，在耳邊細微地嗡嗡作響。

失蹤的恐懼令他難以呼吸，於是也不去追究阿聰的去向，阿邦緊緊跟在阿順身旁，不知道是害怕阿順也跟著突然消失，或是自己也成為一名失蹤者。

阿邦觀看著夢，直到這裡都與阿邦數十年來夢見阿順的情形一樣。這些夢，似乎都只是重新播放起他的記憶，而沒出現分歧。雖然無從比對，每當他夢回醒來之後，他認真回想腦海中的記憶，總會覺得夢到的畫面，就連細節處，都與他所記憶裡的一模一樣。連遺忘的部分，模糊的地方，在夢裡也不會多添點什麼。

每次夢到阿順，都是回憶的重複。或許該這麼說：每次他陷入與阿順的回憶時，他總會不自覺地睡著，沉得像是永遠不會醒來。

由於關於阿順的夢總是回憶，醒著或睡著的差別搞混，在他心中形成小小的漩渦。不過他暗自慶幸，只有夢到或回憶起阿順才會這樣。否則，人生到頭來，豈如夢一場？他又怎麼區分一件事究竟是否發生過呢？

想到這裡，往往又糊塗了。如果夢境與回憶是相同的，他又如何確定與阿順的回憶是真？甚至，阿順是否真實存在過，似乎也沒有證據。

但阿邦不願如此想。

其中一個原因是，在這世界上，記得阿順的人，除了他也不會有其他人了。他不去否定，還有另一個原因，則是每當他遇到困境，往往不自覺夢回到阿順。在夢境或回憶裡，他想清楚很多事。或說即使沒想清楚，也透過這方式促成他決定起某些事，一路至今。理解關於阿順的夢的意義，是只有他一人知道的，對未來的預知方法。

這回的夢，卻隱約覺得哪裡不同。

他依著記憶的路徑，跟在阿順身後。記憶裡阿順沒有走得如此快，亦沒有拐如此多彎。他們穿梭在巷弄裡，越走人煙越稀少。明明被退學的他們無處可去，也不再有人會管，阿順卻維持在一種逼近狂奔邊緣的快步，像是要趕赴前往哪裡。

阿邦追跟著，怕是丟失了阿順，怕自己被丟下。一不小心，也許跟阿聰一樣失蹤了。

不過，這些都不在阿順的記憶裡。

是什麼時候夢境出了差錯呢？阿邦回想，且很快有了答案：大概是在阿順說阿聰失蹤開始的。有了暫且的答案，他無暇進一步思索，畢竟在夢裡思索本身已經矛盾，他知道再想下去夢境會越走越偏，與回憶徹底分道揚鑣。再繼續歧出，阿順的身影就會完全消失了。就像阿順現在越來越難跟上的奔走身影一樣。

幸好這幾十年來，他已習慣了追蹤阿順的身影，總算將歧出回憶的夢境銜接上了。

他們來到了河濱。少年的兩人坐在河堤上眺望著新店溪。阿邦靠右，阿順靠左。阿邦的右方稍遠處，練兵場的陸軍在日頭赤炎下操練著。軍人的吆喝令阿邦聽了矛盾，對於這樣的暴力心生厭惡，同時卻嚮往著這種未知的衝擊。

恍惚間，他心中辯證：是要戰爭，抑或革命？自己到底該往哪邊走呢？在文協參與活動時，他仍覺得是否要左轉的問題十分遙遠，如今被逐出了校園，無處可去的情況下，這個問題變得具體而迫切了。

阿邦心跳不已，少年的身體敏感，在烈陽下，河邊的風吹拂著，身上的肌膚泛起雞母皮。革命與軍隊，兩者缺一不可。革命是一場對戰爭的戰爭。他仰望天空，任雙眼被日光照盲，然後看向一旁的友人。

阿順則一語不發，眺望著河面，不知道在看著什麼。

阿邦隨著阿順的視線，以同樣的方式眺望。直到把新店溪看成了海，把河對岸的海山郡看成了大陸。

才在琢磨該說什麼，沉默已久的阿順開口：「咱來走。」

阿邦問：「欲去佗位？」

阿順回答：「離開遮。」

阿邦問：「紲落來？」

阿順不語，過了一會才說：「咱一定愛緊走，愈遠愈好。」

定格。說完了這句話，阿順不動，世界也不動。

至此，阿邦卡在夢境裡，回憶無法繼續。

他再看一眼回憶中的少年阿順。他清楚這張定格的面孔已經摻雜了自己的虛構，再看下去，回憶會越來越不純粹。真實與否他並不關心，重要的是當中的訊息。記憶裡的那天，阿順似乎真的這麼說過。當時聽到時，阿邦以為懂了阿順的意思，也確實出走了。而今他懷疑是否遺漏了什麼？

他嘆口氣，在回憶的終結處閉上眼。

是從夢裡醒來，或是進入另一段回憶，他任隨安排。

2.

一陣搖晃間，阿邦從白日夢中醒覺。趴在甲板的欄杆看海，沒想到竟瞬間睡著了。

另一個夢。

他夢見他第一次搭船的回憶。他眩暈於海上，一望無際的藍，雖然讓他胃酸翻湧，但同時適合少年幻想。噁心感與滿心抱負的熱血感，奇異地融為一體。

退學之後，他與家人大吵一架，熬了一年，最後賭氣離開。跟親友籌錢，買了張船票，發誓日本人不離開台灣的一天他就不回來。

他在船上晃遊，暗自搜尋阿順的身影。

他沒跟任何人說過，會做出這個決定，有一部分是因為阿順的緣故。

阿順回草屯後，兩人有過幾回簡短通信。最後一封信，阿順提到他找到了夥伴，要同赴上海學習。

阿邦心中困惑，不過將這封信當作一種邀請，索性跟家人對賭，離開沒有希望的家鄉。

被殖民之人，是不會有自由的。被殖民者，地位註定低落，任何的成就與錢財，不過是配合著當局者所獲得的施捨。既然如此，我們何必跟日本人請願設置議會？

他上船後不斷搜尋阿順的身影未果，感到十分納悶。莫非阿順沒有如期搭上這條船，或是躲著他呢？

他依著無數次重演的回憶，按捺著不安，轉身走下第二甲板，預期會在船艙的邊緣，靠近小窗那發現阿順與他信裡所說的夥伴。

無人。

阿邦多年來重複的回憶，竟然出了差錯，幾乎驚醒。鑽入骨頭的悶痛、窒息感、皮膚處處像被針戳或火燒的痛楚，排山倒海地湧上，幾乎將他從夢中拉起。

「阿邦。」

這句叫喚將夢境接回，阿邦從現實暫時脫困。他回頭，看見阿順，以及他身旁的夥伴。

儘管只是瞬間的差距，極小的偏差，阿邦也知道這已經不是原來的記憶了。當時是他先在船艙內發現阿順，而不是被走下樓梯的阿順叫住。

像是上船或下船時，兩隻腳之間感到的位移。但他別無選擇，只能以夢裡的意識做繩索，強拉著回憶的船，必須緊靠著現實，否則會飄進無邊無際的夢境之海，隨即被吞噬。

他越急著想拉著阿順說話，想讓阿順留在身旁，就越說不出話來。而隨著船身的擺盪，阿順的面孔立刻又變得模糊。

好在，阿順如他模糊記憶裡隱約記得地那樣開口說話：

「你總算是走出來了。」

「嘛毋其他所在好去了。」

「老實講，到佗位攏是同款。」

「啥物意思？」

「猶無夠遠。」

沉默。

這句話他記得。突然間，他的感傷令他無法繼續這場夢。

阿邦知道自己該繼續說話的。但他說不出話來。他知道後來會發生的事。這是他們的岔路。下船後，兩人將會分道揚鑣。他想告訴阿順，莫走，莫走到那麼遠的所在。莫跟著這個查某作夥，莫共伊鬥陣行。

可是回憶並不是過去，何況這是夢境，任何的嘗試只是徒增歧異，讓他連回憶的慰藉都沒有。一股力量壓在他胸前，哽住喉嚨，張大嘴卻說不出話來。

阿順問：

「你到了上海之後，要去哪裡？」

「廣東。我要去參加黃埔軍校。」

「阮要去北邊。」

阿順身旁的夥伴這時抬起頭來，眼睛盯著阿邦看。這名女子眉宇間有股英氣，兩眼瞳仁裡有如針般銳利的光點。她穿著整齊優雅，洋裝的布料雖舊，卻明顯的有照料過，兩邊的墊肩撐起她瘦小的骨架。她髮如鋼絲粗硬，梳盤起來，讓她在視覺上看來更為英挺。

她說她姓謝，可以稱她為飛英。她與阿順會先去上海大學，準備完畢，便會前往北方。

「是北京嗎？還是東北？」

阿順笑著回答：「西北。」

無論夢見這回憶多少次，總會停在這裡。他對著不知名的地方，乞求再給多一點的訊息，而奇蹟終於發生。

他依稀看見一片蒼白的大地，一個微小的身影，幾乎沒入了地平線。在這景象裡，他感到自己的心臟一同被霜雪冰封了。

阿邦忍住情緒，並將此當作奇蹟。多少年來，他如此盼望新的夢境。他專注著，不讓任何雜念滋擾。解救他的，不是自己的回憶。他知道這是阿順的記憶，而且是內心的，不屬於真實的風景。只有這樣，阿順才能藏身在安全之處，也才能讓阿邦的心緒恢復平靜。

這是阿順的夢，前來帶領他的。

直到黑點般的身影融入白色的地平線。
漫天的白雪令他目盲，然後陷入黑暗。

3.

阿邦原本以為他們的方向一致。但左轉以後，一個向南，一個向北，幾年之間彼此音訊全無。

他先在黃埔軍校就讀，接著在廣東成立革命組織，等待著機會擁有自己的武裝部隊，進而解救台灣脫離殖民統治。幾年間，私下打聽阿順的消息，無意間，他比自己所預想的再稍微靠左邊一點。唯有如此，他才能知曉阿順的動向。

後來他打探到，從莫斯科留學回來的阿順，依據著指示，在上海租界成立台灣共產黨。

他們間接有了聯繫。更可喜的是，繞了一圈，他們的想法或許趨近一致。

他想像著自己與阿順，以及其他的台灣人，從外面連結裡面，終能夠促成島內的革命，讓台灣脫離日本的殖民統治。

革命、獨立、軍隊。兩位當初被日本人退學的少年，有天可以找回他們的尊嚴。

只是還沒等到那一天，一九三一年，島內與海外的台灣共產黨就分別被日本人擊破。他過了好一陣子才聽說島內的共產黨全體被判刑的消息，日本政府要求他們轉向以減輕刑期。只有少數人無懼威脅，其中一位則是當初在阿順身旁的飛英。

她會知道阿順的消息嗎？她會跟日本人供出阿順的蹤跡嗎？他沒有認真去想這問題。畢竟，在這些事情發生前，他已經身陷囹圄。況且，阿順也早他們一步，在這世界上消失了蹤影。

阿邦透過殘黨捎來的訊息，知曉阿順逃過了劫難。可是無論他如何打探都苦無線索。

他在杭州、上海一帶搜尋阿順的痕跡，尋找阿順的影子。一不留神，自己也栽下去了。只是沒想到這回逮住他的不是日本人（他在廣州時已經被日本人逮捕過），而是國民黨。

他被指控為共產黨，並被監禁。刑求過程中，他的腿被打瘸，視力退化，但什麼訊息都無法從他口中被逼問出來。

然而，有件事他絕對不會說的。

一天夜裡，他隱約感到牢房外有人。他將耳朵貼在門板，習慣黑暗後增強的聽力，仍然聽不見任何的呼吸聲或身體移動時產生的摩擦聲。這晚特別靜，連守夜人的鼾聲也聽不見。外頭的風也停了。可是他就是覺得有人。

忽然，有個人聲透過門板傳了進來。這聲音細小幾乎不可聞，只是輕微的震動聲帶，讓共鳴停留在喉頭。可他繃緊的意識，倒是清楚地聽見了。

「阿邦，你予人關多久了？」

「一年了。」

「我當初沒予你找著，就是希望你莫擱找我，我行暗路，暗路毋通行。」

「即馬講這無效了。」

「你一定要逃走。」

「親像你？」

「毋是，毋好像我，莫擱找我，行你的路。」

門外似乎有些動靜。他們機警地共同沉默。

「我講的話一定要會記。」

阿邦聽見稍遠處腳步聲響起，獄卒們換哨，隔壁牢房的鼾聲與痛苦呻吟聲又起，這平常習慣的聲音突然令他刺耳難耐。他知道阿順已經離去了，一點痕跡都沒留下。

而他決定要遺忘。

在天亮之前，他緊閉雙眼，一面回想一面做夢，直到把回憶等同於夢境。從這時開始，到他被釋放出來的兩年間，他有大量的時間可以練習，將所有關於阿順的回憶轉化為夢境。

遺忘是唯一匹配他對於阿順奇妙情感的記憶形式。遺忘是保存這份友誼的最好的方法。直到徹底在生活中忘記了阿順的時候，他突然被釋放了。

他走出牢房前，要求看守人讓他再睡一下。不管看守人的輕蔑表情，他轉身睡去再度夢回，然後甘心隨著夢醒而來臨的遺忘。

他睜開眼睛，強忍著強光刺激的淚水，眼前的世界模糊成一片暈開的光影。

4.

他醒在另一個夢裡。

窗外的明月從天井透進屋內，留下了淡淡的月影。

一九四二年的浙江金華。

新婚的妻子在月光下溫柔的臉龐。

他緩緩坐起，不發出任何聲響。

更衣，出門。他沿著酒井巷走，以睡意作醉意，晃悠著前往台灣醫院。

白天時候，他聽部下回報，有個臉上包著繃帶的台灣人住院。幾經詢問，身分不明，且看似有任務在身，怕是奸細。他仔細詢問部下的觀察，心中稍微介意。也許就是一點他自己也不明白的念頭，讓他夜半清醒，小心翼翼地不弄破這重疊在現實場景的夢的泡影。

路途經過的宿舍與哨點，每個屬下皆安穩睡去。

他沒有生氣，亦沒有詫異，因為此刻是只有他知道的特別時刻。特別的時刻不可比擬。出獄之後，他更加倚賴直覺。不輕信任何情報與風聲，許多重大的決定，他都自行處理。

人們叫他李將軍，實際上，這群由台灣人組成的義勇軍並非正規的編制，而這些人亦不是軍人。然而在阿邦的領導下，他們的組織與訓練猶如正式的軍隊。不僅如此，他們深入戰場，負責運輸、後勤補給外，由於成員當中有許多人有醫護背景，便也成立野戰醫院，命名為台灣醫院，分攤起照料傷員的事務。阿邦善用了台灣人通曉日語的優勢，深入日軍進行情報工作，或是散播一些讓日軍不安的傳言。

極為祕密的狀況下，他們還執行過突擊，讓日軍措手不及而丟了據點。

這些台灣人願意信任阿邦，甘冒著生命危險執行這些即使成功也無人知曉，一旦失敗不僅無人同情、甚至可能背上漢奸惡名的任務。除了強烈的愛國意志外，也是因為當初若沒有李將軍，他們這群台灣人可能早被當作叛國賊而沉默地死去了。是李將軍奇蹟般將他們解救出來，不但從叛國、漢奸的羞恥中解脫，甚至有機會為民族、國家盡一份心力。

中日戰爭發生後，沿海的台灣人的處境頓時尷尬。很快的，數百名台灣人關在福建省崇安集中管理。他們直接被視為日本間諜，被當作漢奸看待。

要不是李將軍與福建省長陳儀協商，自願接手這群台灣人，並擔保他們並非間諜，他們可能會像個戰俘一樣，死在條件極差的監禁狀態裡。李將軍將他們解救出來後，移師浙江金華，由他親自詢問每個人的背景之後，依照年齡、性別、專業編隊。經過篩選、訓練，逐漸可以執行任務。

他們起初不被信任，備受歧視，漸漸地靠著紀律以及執行任務的確實，台灣人的身分，至少在這道保護傘下，成了彼此的認同。

不過，這一切並不容易。只要他們當中真的出現了叛徒，或是諜報任務失敗，抑或有任何的惡意人士想要破壞上級對他們的信任，他們可能隨時從光榮的兵士，瞬間變成漢奸與罪人。而承擔這個風險的，正是李將軍。

他們亦知道，一直以來，若不是李將軍能夠逢凶化吉的好運，避免掉國民黨在戰爭期間仍不止息的明爭暗鬥，破除來路不明的指控，甚至能極大膽地主動出擊取得重大情報、擾亂日軍心理，這群夾在中日兩國之間的台灣人，恐怕有再多條命也不夠用。

他們在死生之際徘徊，光榮與恥辱的狹縫間踟躕，其凶險並不亞於前線。何況在不知不覺中，他們行動的範圍早已與前線無異，有時比前線更為深入敵區。

這支沒有正式武裝（只有暗地擁有一些槍械彈藥）、也不是正規軍的台灣義勇軍，不僅能維持下來，還能發揮作用，其關鍵正是阿邦神祕的決策。

義勇軍的地位與任務始終曖昧且充滿危險，上級交代的任務往往不顧及他們的條件，有時甚至像是刻意刁難。阿邦卻始終逆來順受，不卑不亢。回到隊上，阿邦臉上從不見憂愁，一臉淡然地傳令，將事情交代下去。

剛開始的時候，他們稱他為鐵面將軍。再久一些，身邊的人私下稱他為夢將軍。每回有重大的任務，他總是恍若無事般，囑咐幕僚支開所有身邊的人，獨自在行軍床上睡去。睡的時間不見得長，但每次醒來後，總是馬上將幕僚喚來，清楚地作出指示。

其他的時候，阿邦是不太睡的。他習慣在夜間遊蕩，像個沒有記憶的幽魂。

奇怪的是，即使是最機靈的夜哨，也幾乎沒有發現過他的蹤跡。只是偶爾會有鬧鬼的傳言，但往往流傳不到兩三天，就自動地遺忘。

如果有人問起原因，他或許也不知道如何說起，自己是如何在無眠的夜裡，眾人睡去的奇幻時光，模擬著失蹤者的步伐遊走。追上失蹤者的步伐，唯有自己也失蹤。不能奢望依隨相同的路線，因為失蹤者本身就是反路線的。可他怎樣都無法使足跡完全消失，只能學習怎樣以新的足跡抹去舊的足跡。他利用自己的跛腳，一腳踏出步伐後，用跛行的另一隻腳抹去痕跡。然而總是無法消除的，是他此時此刻，腳底下的留痕。

最後，彷彿他不管走到哪，都像是留在原地。他感覺自己的腳底朝土地越鑿越深，像是生了根。矛盾的是，他心中卻沒有任何地方像是故鄉一樣，可以讓他甘心，落地生根。除了他回不去的地方。

那些夢遊的夜裡，他試著迷途，越走越遠。他已經默默成為世間最諳夢遊之道的人。他能醒著走入夢境，在夢裡繼續行走。他知道關於阿順的回憶不會更多，所以另闢蹊徑。在夢裡，他深入敵軍，有時也潛進友軍，窺看著他人夢境。漸漸地，他失去了自己的夢，他的心靈成為戰場上，眾人的夢境投影幕。

他的跛足可以走到很遠很遠，遠到離開浙江，遠離福建，甚至能到滿洲、蒙古、雲南、四川，甚至掠過台灣，遠到南洋上，一個個孤單的島嶼。

令他沮喪的是，每一回當他遠到都快忘了自己，忘了過去，終於可以安靜消失時，總是會醒在那張行軍床上，發現在現實中只過了幾十分鐘。

他無比疲憊地，將夢境翻譯成現實。這些夢或許幫助了台灣義勇軍的現況。然而夢境真正的意義，他其實觸碰不著。

才剛到醫院門口，他看見那個屬下所說的人已經在前方等著他。冰冷月色下，阿邦緩步前進。經年累月，阿邦已不再急切追尋，亦理解過去讀到的「踏破鐵鞋無覓處，得來全不費功夫」的真正意思。重點從不在得到，而在「不費功夫」。而在此之前，踏破鐵鞋其實無關緊要，而是要走到，再也無處可去，無處可覓之處才行。

那個身影見阿邦走近，在眼神接觸一瞬，旋即轉身，揚起步伐。

阿邦按著自己步調走，不急著追上，也不刻意跟隨。

他在獄中被刑求打斷的右腿，跛歸跛，但仍然耐走。行軍時，短程他會讓部隊先行，待走超過十公里後，會在後方看見他的身影，堅定地跟了上來。稍有不慎，會被他超越。

他們一前一後，往東南走去，走進了義烏，爾後鑽進了佛堂古鎮。戰爭發生後，居民紛紛撤走，偶有軍隊暫時棲住，但也許古老的建築會挑人，不輕易讓外人久留。與其住人，也許更適合住鬼，或者暫時允許夢遊者的腳步在此相會。

他們起初保持約十公尺的距離，有時拉大，有時縮短，但還是漸漸地接近了。雖然身形似阿順，但阿邦沒有真正看清他的臉。或者說，阿邦確信這個人是阿順，唯獨身上有些氣息改變。他猜想這是阿順終於現身想透露的訊息，於是一邊行走，一邊觀察。

這個人臉上纏著綳帶，只露出眼睛與鼻子的上半部。走著走著，綳帶脫落，如一縷煙飄去。阿邦沒有回頭確認綳帶是否落地或隨風湮去，只是順著腳步流轉視線。佛堂鎮的屋子間間類似，他們走在青石板上，兩人皆安靜無聲。一排相似的屋子，木排門虛掩，隨著風的起落，打板似地發出悶響。

那個身影不時拐進巷，順著。阿邦也順著。

阿順是順，阿邦是逆。阿順是光，阿邦是影。這是他原以為的樣子。直到有一天，他才驚覺，會不會他以為的追隨，事實上是驅趕。他們本是一樣的人，不能在世間占有同樣的位置。是他進占了阿順的位置，是他的光明將阿順驅入了黑暗。是他的記憶將阿順成為遺忘。

只有月暈下，夢遊的路途，他們可以靠近一點。

近到能看見他的臉時，阿順臉上的繃帶已經完全剝落。這是一張令他陌生得驚慌的面孔。額頭與髮際、眉宇與眼型、鼻尖與鼻翼、唇齒與下巴，除了眼神當中的深邃處有一點熟悉的痕跡，其餘的完全不是記憶的模樣。

那個人擠了一個笑容，眨了眼。轉瞬間，這個人在全然不同的臉上，做出數個令阿邦懷念無比的表情。這張陌生的面孔似乎展現得出所有阿順特有的表情細節，除了阿邦最熟悉的，阿順沉默望向遠方的落寞神情。

阿邦等待。繼續前行，他們倆已潛行過茫茫暗夜，眼看要天亮了。

轉過街角，義烏江橫跨眼前，那個人輕巧走上浮橋，定住身影，順著江水的方向望去。

阿邦自然跟隨，與之比肩，既然見到這張面孔，便不再掛念。

亦不再等待他說話。他知道，沒說，就是說了。

望著義烏江，阿邦陡然想起，聽得屬下說過，駱賓王出生於此。思及此，阿邦退了一步，看著其背影，找回那份熟悉。說穿了，從熟識那天起，阿邦最熟悉的，不是阿順的面，而是背。這是追尋者的宿命風景，只是想一直看著，擁有一份無比熟悉的距離而已。因為面對面的交會，代表著下一刻的分離。與其如此，不如在對方轉過身之際，自己背對過去。

阿順的背影緩緩轉身，阿邦還有一點時間，吟一首漢詩代替說不出的話語。既是送給阿順，也是送給他自己：「此地別燕丹，壯士髮衝冠。昔時人已沒，今日水猶寒。」

念罷，江水的寒意突然被風颳起，像是結冰的水面被整片刨起，強烈得令他不得不閉起了眼，強制結束這段夢。

進入下一個夢之前，他心中浮上一個不甚重要的念頭。

他記得，駱賓王最後也是失蹤的。

5.

他接續的夢，依然回到了行軍床上。這一回，他已經回到了台灣。

一九四七年，三月。

唯有在行軍床上，能給予他一點溫柔的、恩賜般的睡意。

多年抗戰，終於聽到日本投降。且如他所逆料，唯獨讓日本陷入戰爭的泥沼，才能從最深處瓦解日本帝國的統治。才終於有這麼一天，台灣得以脫離殖民統治。

只是他沒料到，自己也陷入了泥沼之中，竟然連一點點的自由與尊嚴都完全失去了。

抗戰勝利後，阿邦成為三青團團長，負責擔任南京政府與台灣人民的中介。他們推行國語、輔導人民習慣中國文化、調解中國官員及軍人與台灣人之間的紛爭，幫助宣導中央的政策。

沒幾個月，阿邦與島上人民一樣，對於自身情勢感到巨大的絕望，憤怒與無力。

而作為中介角色的他，一下子陷入夾縫中。

處理戰後的情況是遠比面對戰鬥艱難的，他想。那麼，革命也是嗎？革命成功後，人民將會如何呢？阿邦不禁想起他輾轉聽到的，關於蘇維埃在史達林統治下的血腥景況。一向能醒著入夢的他，這時竟想像不了接下來的發展。不是因為恐怖鎮壓過於遙遠，而是這就在眼前發生，距離過近的暴力令他目盲。他連日無眠亦無夢，總是疲累超過限度時，如昏死般睡去，而醒時所見猶如噩夢。

於是到頭還是醒著做夢了，他想，只是這場集體的夢不會醒，而他終於成為一位徹底的失眠者。

「李將軍，時間不早了。陳總司令還等著你答覆呢。」

傳令兵的聲音從房間外頭傳來。沒有經過幕僚的請示，逕自在門外大喊，像是對囚徒吆喝一般。

「麻煩轉告總司令，我一會就前去。」

傳令兵原想挖苦兩句，挫挫之前消極反抗、冥頑不靈的李將軍，沒想到下一秒，他就出現在面前，雙眼嚴厲瞪著自己。傳令兵才愣了一秒，阿邦一個腳步就把他甩在後頭，只好跟了上去。

車已備妥。阿邦自行打開車門入座。阿邦不語，因為任何話語在此，只會有損尊嚴。

車行，路過的街道上，家家戶戶皆門窗緊閉。他無法看，卻同時無法不意識到這一間間屋舍裡的恐懼。偶有三兩人影被軍人追趕吆喝的男女被踹倒在地。

遠方傳來槍聲，與槍響後的寂靜。

等下要見的，是下令槍殺這些平民的人，他想。

往後的日子，要怎麼與這些人共處呢？想起自己的子女，甚至將來的子孫，都將跟這些劊子手以及他們的後代共同生活，他不寒而慄。

他們讓他在廣播局下車。衛兵行禮，開門，一位年輕男人領著他走進播音室。

一個男人坐在裡面，面朝著麥克風，背對著。阿邦想起，那年在福建，前去拜會陳儀，希望釋放被集中管理的台灣人時，他也是這樣背對著的。如今這個背影正在屠殺這片土地上的人們。

陳總司令未回過身，說著：「李將軍，您可考慮好了吧？」

阿邦回答：「我別無選擇。」

陳總司令背影不動，語氣稍微上揚：「您這是在同情叛亂分子嗎？」

阿邦不語。

陳總司令繼續道：「現下非常時期，而您在抗日戰爭中略有貢獻，在台灣人心中是有地位的。您若不當表率，如何平亂？再者，您別忘了，您的手下當中，現在可不少成為叛亂分子，帶頭反抗政府。清查起來難免會牽連到您身邊的人。」他頓了一秒，然後一個字一個字的說：「當中，還有不少人是共產黨。」

話語剛落，阿邦打破沉默，說：「陳總司令。您答應過的。」

一秒。兩秒。三秒。

陳儀起身，轉頭，將眼光射向阿邦，說：「事到如今，您憑什麼條件跟我談？」

這雙眼紅透，要滲出血般。

「您，答應過的。主動棄械投降者，既往不咎。」

陳儀舉起手，示意毋須多談，說：「我記著。」

陳儀邁開步伐，當阿邦不存在，推門離去。同時走進兩位憲兵，持槍的姿勢像是把弄著玩具。

阿邦站在麥克風前。他知道陳儀本來就沒有放過他們的打算。他跟所有人一樣，終究被騙了。然而，只要他一開口，謊言就會落在他身上，從他口中說出。

想想也真是諷刺。日本天皇宣布投降時，他因為正在做夢而錯過了廣播。當部下搖醒他時，他還不相信自己夢醒，而是懷疑自己的夢竟然也有出錯的一天。

現在，他必須對著全國人民廣播，要求他們投降。台灣人被剝去了戰勝國的外衣，早已輸得一場糊塗，還要再投降一次。

於是他沉默。這裡，他無比清楚，這就是無處可逃之處了。

看守的憲兵失去耐心，一左一右捏住他的肩膀，痛到幾近暈厥之時。巨大的聲響從廣播中發出。阿邦不在麥克風前，但同一個時刻，台灣所有的收音機、擴音器，甚至年久失修的音響，都同時發出一個聲音。

「緊走！」

這聲音震得憲兵鬆手，阿邦雙腿一軟，頭部著地。

在落地暈去之前，他不禁微笑。

全世界只有他知道，這個對著全島的人喊叫的聲音，正是阿順。

他恍然地看著眼前模糊的光影，突然一團黑影閃現，蓋住了他的光。

6.

從漫長連續的夢境醒來，睜眼，卻只見黑暗。他從車後座椅扭轉起身，正襟危坐。

「死到臨頭還能睡得如此沉，不愧是夢將軍。」

此刻，是否挖苦他已不介懷。只是從這漫長的、連續的回憶夢境中起來，有種從高空跌落的失落感。

回憶或夢境也不是重點，這一回他如此努力攀爬著回憶，不讓人生的最後一場夢境輕易偏離，也不半途而止，只是希望在人生最後一刻，破解那個訊息。他隱隱覺得，幾十年來所暗藏著某個訊息即將揭曉。可惜夢還是醒了。

二二八之後，他被陳儀控以通匪與叛亂罪。若不是他的軍銜，必須接受審判。他免除立即槍斃的命運，押解到南京受審的期間，多虧了妻子的奔走，洗刷了他的罪名。

他知道自己終究難逃一死。

一九五一年十一月，阿邦作為民間聲望最高的台籍軍人，在國民黨的大會當中，蔣介石當著所有官員的面，一口咬定他為奸匪。他立刻被憲兵從會場押了下去。前一年的吳石將軍與共產黨女特務朱楓的案子，他與妻子已經受到牽連。儘管證明了清白，他也早已知道，這條命，猶如路邊的雜草，隨時會被除去。

諷刺在於，兩度作為他對立面的陳儀，眼看國民黨在中國大勢已去，欲投奔共產黨卻被告發，從浙江押解到了台灣。在吳石將軍執行完死刑後一週，陳儀亦被槍斃。比他還早。

他被推擠著下車，接著粗魯地取下他的頭套，日光幾乎灼瞎他的眼，逼得他低頭前行。

日正當中，影子就在他腳底下，黑黑的一團。

影子是他腳底下的黑夜。

低頭踏影前行。

隱隱約約，他看見前方有塊地面特別深黑。他被推著靠近，然後踏了上去，剛好夠一個人立足。

他們大聲宣讀，控告他通匪，窩匿共產黨間諜，企圖叛亂。

河上忽然起風，將控訴的話語吹散。

他在吹散一切聲音的風當中，單獨聽見了一個聲音。聲音從過去而來。

抬頭望向河堤，他一眼認出了當年他與阿順被退學那天，併肩而坐的位置。

原來當初退學那天閒晃到河濱，與阿順所坐的河堤看得到這裡。模糊間，他看見少年阿順站在河堤，將兩隻手掌罩在嘴邊，像擴音器的形狀，對著他的方向不斷大喊。

他終於理解，從過去到現在，阿順都在提醒他要逃。逃得越遠越好，不要追尋他，也千萬不要停留。可惜到現在才懂，一路追尋阿順，竟然回到了原點。

這回他逃不了了。

他最後一次閉眼，無夢睡去，連槍聲都沒能吵醒。

後記

不若先前的作品，或正在與之搏鬥的小說，甚至處於醞釀期的將來之書，《醉舟》來得突如其來，幾乎令我應接不暇。題材一經召喚，心中馬上有了小說的形式，一下筆，文字風格已然成形。小說的形式與風格是這回的重點所在，但無論是形式、風格甚至情節發展與人物的樣貌，都是我未曾預想過的。一切都像備妥的。我所需的，就是全神貫注，專心致志地沉浸於此。

關於創作的期間，我留下的記憶甚少。雖說這是寫小說的理想狀態，但這回的經驗無可比擬。我可以細數那半年（二〇二〇年十月一日至二〇二一年五月三日）發生的事情，卻難以回憶寫作當下。我有的只是每一回從寫作中脫離時，所感受到的滿足與悵然。一如大夢初醒之人，面對著無法久佇的夢境，竟有彼處才是自己所屬之地的被放逐之感。無論是初稿完成，或是擱置大半年才動工的修稿，閱讀之際，總感覺是閱讀他人的作品，尤以〈醉舟〉為甚。

儘管如此，能有幸享有這私密的幸福，完成作品，仍有其外在條件。若無前人的研究，小說便會缺乏具象的材料。小說集裡的故事都關於歷史，閱讀的史料與研究甚多，在此一併感謝，不一一列舉。然而必須提起黃郁婷翻譯的《破曉集》，小說借用的翁鬧句子，出自於此譯本。

最後，三篇作品的主要角色，在真實歷史中有不難辨認出的原型，但絕非是歷史的再現，寫作的目的亦非辯證史實。小說家要忠於的，只有那個一度向我敞開的虛構世界。而我已經由此逐出，並應當放手，將作品交付給讀者。

文學叢書 686

醉舟

作　　者　朱嘉漢
總 編 輯　初安民
責任編輯　陳健瑜
美術編輯　陳淑美
校　　對　吳美滿　陳健瑜　朱嘉漢

發 行 人　張書銘
出　　版　**INK** 印刻文學生活雜誌出版股份有限公司
新北市中和區建一路249號8樓
電話：02-22281626
傳真：02-22281598
e-mail：ink.book@msa.hinet.net
網　　址　舒讀網www.inksudu.com.tw

法律顧問　巨鼎博達法律事務所
施竣中律師
總 代 理　成陽出版股份有限公司
電話：03-3589000（代表號）
傳真：03-3556521
郵政劃撥　19785090 印刻文學生活雜誌出版股份有限公司
印　　刷　海王印刷事業股份有限公司

港澳總經銷　泛華發行代理有限公司
地　　址　香港新界將軍澳工業邨駿昌街7號2樓
電　　話　852-2798-2220
傳　　真　852-2796-5471
網　　址　www.gccd.com.hk

出版日期　2022年 7 月　初版
ISBN　978-986-387-570-3
定價　300元

Published by INK Literary Monthly Publishing Co., Ltd.

Printed in Taiwan

國家圖書館出版品預行編目(CIP)資料

醉舟／朱嘉漢 著.
--初版. --新北市中和區：INK印刻文學，2022. 07
面； 14.8 × 21公分. --（文學叢書；686）
ISBN 978-986-387-570-3 (平裝)

863.57　　111005015

舒讀網